FANTASMAS DE CARNE Y HUESO

colección andanzas

JORGE EDWARDS
FANTASMAS DE CARNE Y HUESO

TUSQUETS EDITORES

1.ª edición: marzo 1993

© Jorge Edwards, 1993

Diseño de la colección: Guillemot-Navares
Reservados todos los derechos de esta edición para
Tusquets Editores, S.A. - Iradier, 24, bajos - 08017 Barcelona
ISBN: 84-7223-659-5
Depósito legal: B. 3.106-1993
Fotocomposición: Foinsa - Passatge Gaiolà, 13-15 - 08013 Barcelona
Impreso sobre papel Offset-F Crudo de Leizarán, S.A. - Guipúzcoa
Libergraf, S.A. - Constitución, 19 - 08014 Barcelona
Impreso en España

Indice

Índice

La sombra de Huelquiñur

Comienzo desde la literatura. Desde la escritura de una novela. Este relato es la historia de una novela imaginaria y de su lectura, destrucción y memoria también imaginarias. Es, de paso, un homenaje a William Faulkner, un reconocimiento tardío. Todo está contado desde la perspectiva de estos años, y pasado, en consecuencia, por los tamices de la crisis política y del pinochetismo. La abuela es un general bigotudo, de ojos siempre cegados por el sol, y que tiene serias aprensiones y desconfianzas con respecto a Juan José, el intelectual de la familia. ¿Qué hizo Juan José en la vida, qué partido tomó? ¿Justificó o no su conducta posterior esa desconfianza de los orígenes? Sospechamos que era una reserva justificada desde el punto de vista de la anciana y poderosa señora, desde la perspectiva del orden social establecido, pero no sabemos mucho más. El brazo armado y solapado de aquellos recelos era el tío Ildefonso, un perfecto hipócrita, ¿y un semejante? Advierto, de paso, que todo parecido suyo o de otros personajes de este relato con personas de la vida real es pura coincidencia. En cuanto a Bijou o Viyú, por quien todavía siento ternura, pese a que nunca tuve el privilegio de conocerla en la llamada vida real, se deshace en la dulzura del instante. Y Huelquiñur es una sombra mapuche. No es una sombra provocada por la circunstancia del Quinto Centenario, como me dijo un lector amigo y distraído: es una sombra que pertenece al territorio de la experiencia posible, a la memoria ficticia, y que pudo haber existido en la novela imaginaria. Una sombra de Yok-

11

napatawpha, el Condado inventado por William Faulkner para su uso personal, en las tierras pedregosas de la Rinconada de Cato.

De joven había sido taimado, obcecado, tímido. Y de viejo también, a fin de cuentas: una mezcla más bien difícil. De joven, en el umbral de los veinte años, le había dado por escribir novelas. Pasó de los intentos de poesía nerudiana y huidobriana a una novela corta, reescrita hasta su destrucción, que transcurría entre los cerros de la costa y el pueblo de Quilpué, y a una más larga, de lenguaje descaradamente faulkneriano. Había descubierto *Mientras yo agonizo* en una edición argentina, en un volumen de tapas manchadas, y ahora se debatía entre las páginas de *Luz de Agosto*. Trataba de incorporar ese hedor fúnebre, esos sudores ácidos, la mirada fija, enloquecida, del predicador, en una historia de vacaciones de adolescencia, o de preadolescencia, en el interior de Chillán. El chirrido de los goznes de las carretas de Chillán, prolongación de un convoy por el sur inundado, anegado por el aluvión, de las orillas del Mississippi. Las truchas plateadas del río Cato y el personaje del convoy que se convertía en pescado, que creía que se había convertido en pescado.

Escribió el primer capítulo. Zumbido de moscas, cortinas corridas para protegerse del calor, ojos como bolitas de cristal de color verdoso celeste, cerdas canosas en las mejillas huesudas, mal afeitadas. Eso le parecía recordar, por lo menos, aun cuando le costaba mucho imaginar el tono, el tejido de la escritura, incluso las palabras.

Usaba palabras como «zumbido», «áspero», «espeso», «pegajoso». Palabras como «acre» y «ácido».

Cerró el capítulo con un ritmo y una sentencia que ya no recordaba, después de haber consignado un poco antes, cerca del fin de la nebulosa, el quejido de las maderas de la silla de balancín. Era la silla predilecta de su abuelo. Los pies pequeños de su abuelo, casi infantiles, metidos en botas altas, con espuelas inglesas, producían al tocar el suelo un sonido metálico, el de las espuelas de plata, y se daban un nuevo impulso. Había alguien más en el fondo de la habitación, el perfil de un pariente, o un inquilino que recibía un encargo. Y una de sus primas, Gertrudis, o Cora (Faulkner), se asomaba, mordía con sus labios frescos una ciruela madura, preguntaba algo.

En el segundo capítulo vadeaban el río por la parte baja y pedregosa, en carretas. La Miss, que iba en la carreta de más atrás, sentada en una silla de paja, rígida como una estaca, daba de repente un alarido, su silla, alterada por los vaivenes de la carreta, se deslizaba, hasta que ella, levantando las piernas enormes, tumefactas, varicosas, se caía y reventaba en el agua como una granada. Después, con cara de resignación furiosa, con las polleras recogidas y los grandes muslos blancos, blandos, de carne suelta, expuestos, trotaba por el camino de tierra, al lado de la carreta de adelante. Las primas se miraban, sofocadas de risa, y ellos, los primos, excitados, curiosos, o, mejor dicho, entre la excitación, la curiosidad y la repugnancia, miraban de reojo los muslos descomunales, sorprendentes, que mostraban huellas de una descomposición violácea.

Una o dos páginas más adelante, una culebra se arrastraba por la arena ardiente, entre pedruscos y matorrales resecos. Un pez saltaba en el brazo de río terso, de aguas más lentas y profundas, y alcanzaba a despedir destellos en el aire. Sus primas lanzaban exclamaciones, chillidos. Los primos tiraban piedras para quebrar el espejo de agua. La gringa, con expresión todavía trastornada y pelos mojados, se sacudía las faldas y daba saltitos en la arena.

—Bonito capítulo —dijo Gertrudis, y las otras dos, Carmen y Nina, se miraron entre ellas, miraron a Juan José, y dijeron:

—Bonito. Con mucho ambiente.

Eso sí que recordaba con la mayor exactitud, la palabra «ambiente», la palabra y su pronunciación arrastrada.

Ingresó de inmediato en la lectura del tercer capítulo.

—Este capítulo es medio escabroso —advirtió, después de pasar la primera página.

—¡Qué entretenido! —exclamaron ellas, y una de ellas, Carmen, o Gertrudis, o Nina, se sobó las manos. De eso también se acordaba perfectamente.

—¿Y quién era Cora?

—Cora no existía. Cora era un nombre sacado de una novela de William Faulkner.

—¡Ah! —dijeron, satisfechas con su respuesta, aunque probablemente nunca en su vida habían oído el nombre de «Faulkner».

El capítulo transcurría en un prostíbulo de la parte vieja de Chillán, en una calle o callejón sin salida, detrás de un potrero. Los personajes habían ido a Chillán en coche con caballos, a buscar una encomienda, y Rodrigo, el primo mayor, el hijo de la tía Eduvigis, lo había llevado a esa casa de un piso, de color paquete de vela, con las persianas cerradas, sin hacerle la menor advertencia.

—¿Dónde estamos? —preguntó Juan José. ¿O no era Juan José? En la novela tenía otro nombre, un nombre que a él se le había olvidado.

—Espérame aquí un rato —dijo Rodrigo.

—¿Quieres tomarte una Bilz? —preguntó la mujer flaca, de labios pintarrajeados, con cara de tísica.

—¿Hay que pagarla?

—Sí —dijo ella, mostrando los dientes cariados—. Aquí nada es gratis.

—Es que no traje plata.

—Paga tu primo —dijo ella, y volvió con la Bilz, que estaba demasiado caliente.

—¿Quieres mirar? —preguntó ella.

—¿Qué cosa? —preguntó él.

Ella no contestó, pero se abrió la blusa y le mostró un pecho pálido, fláccido, rematado en una aureola gruesa y negra.

—Si traes plata otro día, te dejo tocarlo.

—Bueno —dijo Juan José, o el otro, que no era Juan José, tragando saliva, y ella, entonces, estiró una garra húmeda, de uñas barnizadas y largas, y le pellizcó el bulto que tenía entre las piernas. El pegó un grito agudo.

—¿Tienes miedo? —preguntó ella, y lanzó una feroz risotada.

—No —respondió él, que se llamaba José Agustín, o Francisco, ahora tenía una duda, pero se puso de pie, con las piernas de lana, y se asomó al patio. Había un gato con arestín, con una correa de cuero rojo en el cuello, y un par de gallinas que buscaban comida. Una de las puertas, con un estremecimiento de tablas y de vidrios, se abrió. Rodrigo, en la penumbra, estaba abrochándose los pantalones.

—¿Quieres entrar a mirar?

—No —dijo.

—¿Por qué?

—Porque estoy bien aquí.

—¡Qué primo más degenerado! —exclamó Gertrudis—. ¿Quién era?

—Nadie.

—¡Cómo que nadie!

—¡Nadie! Era un invento mío.

Las tres auditoras se miraron, incrédulas, y movieron la cabeza. Cruzaron, en seguida, las piernas. Se examinaron las uñas.

—Sigue —dijeron.

En el cuarto capítulo, Rodrigo roncaba, con la ventana abierta, y él, ¿José Agustín?, ¿Francisco?, debajo de las sábanas, sudoroso, imaginando escenas confusas en la penumbra de la casa de color paquete de vela y pensando, además, en la piel, en los brazos, en la mirada insinuante de una de sus primas, una prima que no recibía nombre, aun cuando estaba muy cerca de recibirlo, se masturbaba. Al comienzo se tocaba con distracción y en seguida se frotaba cada vez con más fuerza. Las auditoras, Carmen, Gertrudis, Nina, sonreían con evidente nerviosismo, como si la provocadora de la excitación del personaje hubiera podido ser cualquiera de ellas, y él, el autor, Juan José, sin dejar de leer, incapaz en ese momento de cortar el desarrollo de la lectura, se ruborizaba hasta las orejas, se le agolpaba en la piel un rubor intenso, grueso, quemante. Se masturbaba hasta el orgasmo, manchaba las sábanas de semen verde amarillento, pegajoso, se vestía y corría en la oscuridad, escudándose en las sombras del huerto, seguido por un coro de ladridos de quiltros, a golpear la puerta de don Santos, el cura.

—¿Qué te pasa? —preguntaba don Santos, que todavía estaba vestido.

Lo que pasaba era que había cometido un pecado mortal, y como existía el riesgo de morirse en la noche, en el sueño, y condenarse al fuego eterno, había venido a pedirle por favor que lo confesara. Sí, padre. Me confieso, padre, de haber cometido actos deshonestos.

—¿Con otra persona?

—No, padre. Es decir, miré los muslos de una mujer

vieja, vieja chuñusca, y despúes miré el pecho desnudo de otra más joven, uno de los pechos, y hasta lo toqué con la punta de los dedos, ¿dónde?, en un prostíbulo, mientras esperaba en el salón y tomaba una Bilz, sí, padre, pero los actos deshonestos principales los cometí solo.

Se arrodilló en el suelo y don Santos le dio de penitencia diez padrenuestros y diez avemarías. Después le dijo que tuviera mucho cuidado. Estaba pálido, y la masturbación no sólo era peligrosa para la salud del alma, sino también para la del cuerpo.

—Sí, padre.

—¿No has escrito más? —preguntó Gertrudis, su prima, en un tono neutro, sin darse por aludida, en cierto modo, de los episodios escabrosos de ese capítulo, como para permitir que él siguiera leyendo sin problemas. Carmen y Nina tampoco se daban por aludidas, y tenían una expresión curiosamente seria, o ajena, distante, disimulando su interés, sus deseos locos de seguir, sus labios hinchados, su boca entreabierta. El continuaba rojo como un tomate, con la piel ardiente, y las manos le sudaban. Apenas se fueron de la casa, se dirigió a la chimenea del salón, encendida porque era un día bastante frío del final del otoño, y arrojó el manuscrito al fuego. Vigiló, armado del atizador de hierro, como celoso inquisidor, hasta que la última de las páginas se encarrujó y fue consumida. Sintió después un relativo alivio, a pesar de que el bochorno no se le pasaba y no se le podría pasar, creía, nunca.

Fue a la casa de color paquete de vela una segunda vez con Rodrigo, y esperó en la antesala, sin moverse, sin aceptar siquiera una Bilz, pero a la tercera, llamado por Rodrigo, que parecía un demonio, pálido, con los pelos revueltos, y que se subía los pantalones, entró desde el patio a la habitación en penumbra y vio a la mujer tendida en la cama, con las piernas abiertas y los grandes pechos, con sus aureolas oscuras en el centro, un poco desparramados hacia los costados. Tenía el pelo de color castaño aplastado contra la almohada y la posición de las caderas, de piel mate, pero más blancas que las piernas, era de ofrecimiento.

—Te dejo solo —le dijo Rodrigo, y él le suplicó que no, pero Rodrigo ya había salido y había cerrado la puerta. El manuscrito quemado no llegaba hasta esa parte. El manuscrito quemado se interrumpía cuando él se masturbaba debajo de las sábanas y Rodrigo, en la cama del lado, roncaba a pierna suelta, y cuando él visitaba al cura de noche para confesarse.

—Sácate la ropita —le ordenó la mujer, desde la penumbra, y a él, es decir, a Juan José, porque José Agustín, o Francisco, ya no se acordaba ni del nombre exacto, había, habían perecido en el fuego de la chimenea, junto con el manuscrito, pues bien, a él, cincuenta y tantos años más tarde, le sonaban esos diminutivos en los oídos de la memoria, y después le dijo—: Chiquito con gusto a leche —y le dijo, después—: Mijito rico. Papito. Acércate pa' que hagamos papita.

Fue de visita varias veces a partir de ese primer encuentro, o de esa primera acostada, para ser más preciso, hecho que ya no se atrevió a confesarle a don Santos, que se propuso confesar cuando estuviera de regreso en Santiago, en alguna iglesia cualquiera, con algún cura desconocido (propósito que más tarde tampoco cumplió). Viajaba a Chillán con diversos pretextos, o simplemente se escapaba en las tardes, a galope tendido, con plata que le había regalado su abuelo, o prestada por Rodrigo, cuyo padre, el tío Manuel, era el más platudo de la familia, y una vez vendió un pantalón y dos camisas usadas a unos ropavejeros que se colocaban en una esquina de la plaza de Chillán Viejo y que anunciaban su comercio en tonos confidenciales, acercándose a los oídos de los transeúntes, como si se tratara de un tráfico ilícito. El producto de la venta no le alcanzó para juntar la tarifa, pero ella, que se llamaba Bijou, o Viyú, le dijo: «Bueno. Un polvito parado». Y más tarde, cuando vio que él permanecía de pie en el centro del cuarto, dispuesto a cumplir con la condición, se rió y le dijo: «Ven a acostarte aquí, cabrito leso, papito», y él también se rió, confundido, y empezó a sacarse la camisa.

—¿Por qué vas tanto a la ciudad? —le preguntó Gertrudis, su prima (que al cabo de los años sería una de las auditoras de la novela quemada, pero esto ya no pudo figurar, desde luego, en ese manuscrito), y él, rojo, le contestó que no iba tanto, de dónde sacaba eso, iba a veces por encargo de su abuelo, para comprarle el diario, para retirar correspondencia de su casilla de Correos, o a comprar cigarrillos para su primo mayor, que era un mandón y un flojo, pero nada más.

—Las ciudades fueron inventadas por Caín —dijo su abuela, con aire severo, sospechoso—, el primer fratricida de la historia. —Y añadió—: Son la fuente de todos los males.

Rodrigo le propuso una tarde que fueran a la casa de Chillán Viejo, él ponía la plata con una mesada que acababa de recibir, y Juan José contestó que no. «No necesitas devolverme la plata», insistió Rodrigo, y él volvió a contestar que no, a sabiendas, ahora, de que si a Rodrigo, su primo rico, le bajaba el antojo de quedarse con Bijou, que era de lejos la más bonita, él sufriría como una bestia, se desesperaría, haría quizá qué disparate, y no tendría, a la vez, ningún argumento y ningún medio para oponerse.

—¡No! —repitió, irritado por la insistencia de Rodrigo.

—¿Por qué no?

—¡Porque no me da la gana!

Rodrigo lo miró con extrañeza. El, Juan José, no tenía el hábito de contestar de ese modo, con esa violencia.

«Lo que pasa», se dijo, más tarde, mientras cabalgaba al paso normal de su caballo, con unas botas viejas de su abuelo que le quedaban chicas, con sombrero y manta de huaso, en silla de montar chilena, rumbo al callejón sin salida, y mientras tenía la sensación, o más que la sensación, de mascar tierra, «es que estoy enamorado de Bijou. ¡Hasta las patas! Y que sea una puta no me importa un rábano.» Se dijo eso, vio con los ojos de la mente la expresión justiciera de su abuela, recordó las botas de su abuelo, que colgaban de la mecedora y después, con un clic metálico, chocaban en el suelo, y se encogió de hombros. Una bandada de codornices salió disparada al otro lado del cerco de zarzamoras y se dispersó. El abrió la boca para dar un grito, no sabía si de placer o de angustia. Más bien de angustia. Esta vez, por ejemplo, no tenía un solo centavo en el bolsillo.

—Ni siquiera me alcanza esta vez —dijo, bajando los ojos— para un polvito parado.

Ella movió la cabeza. «¡Chiquillo regalón!» Le dio una palmada en la mejilla y después lo tomó de la mano. Cuando cerró la puerta de la habitación, que siempre se estremecía y rechinaba, que se arrastraba y raspaba las baldosas, lo abrazó y le metió la lengua en la oreja izquierda. «Tiéndete», le dijo: «Espérame un rato». El tuvo la sensación de que Bijou pasaba a una pieza vecina y conversaba con alguien; ponía término, más bien, a una conversación que había comenzado antes: «Te voy a dejar tranquilo», le dijo al regresar, al encontrarlo tendido de espaldas en la cama, desnudo: «Cierra los ojos. Pero después quiero que me acompañes a ver una película. ¿Me prometes?».

Quiso preguntar qué película, pero el placer que ella le provocó de pronto con la boca, con los labios expertos, no permitía preguntar nada. Llegaron antes de que comenzara la función, y él imaginó que de repente aparecía su abuela seguida de sus primas y de sus primos chicos y de dos empleadas, y que todo el grupo lo divisaba, se detenía, paralizado por el horror, y lanzaba al cabo de unos segundos un solo alarido de espanto. O no lanzaba ningún alarido: había una orden tácita, un gesto, y todos salían en fila, circunspectos, sin volver a mirar hacia donde él estaba.

«¿Tienes miedo de que te vean conmigo?», preguntó ella, acariciándole una mano, y él, con la boca seca, un poco pálido, respondió que no, «no, mi amor», y observó, con un alivio inmenso, que las luces de las arañas de cristal adosadas a los muros, a las falsas columnas griegas, comenzaban a apagarse. Las luces se apagaron, las cortinas se abrieron lentamente, con un ruido anunciador, y se escucharon los primeros compases de una música chillona. Apareció una mujer en las nubes, entre relámpagos, una alegoría prometedora.

Esa noche llegó bastante tarde a las casas de la Rinconada y su abuela, desde el dormitorio, que estaba iluminado por la luz mortecina de una lámpara de kerosene, lo llamó de un solo grito. Al lado de la corpulencia de su abuela, su abuelo se veía todavía más chico, más insignificante, de tez mucho más oscura y con los globos de los ojos amarillentos, como si estuvieran saturados de tabaco. Leía, hundido entre los almohadones, con el libro levantado para recibir un poco de luz, una biografía de Catalina la Grande, Emperatriz de Todas las Rusias, y no dejó de leer y de fumar mientras su abuela hablaba con Juan José, como si no quisiera verse envuelto en esa conversación por ningún motivo.

—Tu tío Ildefonso —le dijo su abuela— te vio cruzar

por la plaza de Chillán Viejo del brazo de una mujer de mala vida.

—¡Mentira! —replicó él.

—¡Sabes muy bien que no es mentira! —contestó su abuela—, ¡mocoso inmundo!

Su abuelo bajó un poco el libro y lo miró con una expresión rara, entre imperturbable y risueña. Juan José le devolvió la mirada, pero no supo, no estuvo seguro de poder recibir ayuda por ese lado.

—De ahora en adelante —tronaba su abuela—, no vas nunca más al pueblo sin nosotros. ¡Se acabó! O te mando inmediatamente a Santiago de vuelta. ¿Oíste?

Los ojos de su abuelo, asomados apenas por encima del libro, parecían decirle: ¿qué quieres que haga, Juanjito? ¡No la conoceré yo!

—Puedes retirarte, ahora —decretó su abuela, con un gesto de repugnancia, de profundo desprecio, mientras su abuelo se volvía a hundir entre los almohadones, con la expresión de la persona que hunde la cabeza debajo del agua de una tina de baño.

—¡Qué huevón eres! —murmuró al día siguiente, en el momento en que entraban al comedor grande, Rodrigo—. ¡A quién se le ocurre!

Las mayores de las primas, Gertrudis, Nina (Cora no existía, Cora había sido tomada de un personaje de *Mientras yo agonizo,* y como el manuscrito de la novela había sido quemado antes de estos episodios, podemos sostener que Cora había desaparecido con el fuego de la chimenea, ¡hecha humo!), sabían algo, no todo, y lo miraban con cara de circunstancias, pero a veces miraban para otro lado y se reían, y don Santos, el cura, le pasó la punta de los dedos con notoria frialdad. Ni siquiera has pasado en la noche a confesarte, como las primeras veces, pareció decirle, y él, Juan José, que ahora, más que avergonzado, estaba rabioso, malherido, habría querido contestarle: «Es que ya no creo en el Infierno y en todas esas patrañas. ¿Que por qué? ¡Pues, porque ya no creo!».

Fue a visitar a Bijou de nuevo, inmediatamente después de almuerzo, a una hora en que toda la Rinconada dormía siesta. Tuvo que dejarle un papelito, ella había salido.

—¿No estará ocupada?

—¡No, niño! Salió en la mañana a hacer unas diligencias y ya no vuelve hasta la noche.

—¿Está segura?

—¡Sí, niño! ¡Perfectamente segura!

El gato arestiniento del patio, con su collar de cuero rojo, corría detrás de una mariposa extraviada. Las gallinas se rascaban a picotazos debajo de las alas. En un rincón había corontas de choclo secas, buenas para maíz. Se escuchaba un toque apagado de bandoneón, tan sólo el ritmo en sordina, pero no salía del dormitorio de Bijou, seguramente. El regresó a galope tendido, hablando solo, rabioso, y la casa del fundo, con el jardín medio seco, los galpones, los establos, la bodega de las grandes pipas de vino, continuaban sumidos en la somnolencia de las horas de más calor. El olor a fermentación, a vino nuevo, era intenso en el umbral de la bodega, y las manzanas verdes, en el potrero de al lado, se pudrían en el suelo, picoteadas por los insectos, mordisqueadas por los chanchos.

Fue a visitarla otro día y esa vez sí que estaba ocupada.

—Está ocupada —insistió la cabrona, e insistió con saña, con alevosía, clavando en él sus ojillos burlones.

El se dirigió a la puerta que daba al patio, decidido a golpearla a todo lo que daba para avisarle que había llegado.

—¡Cómo se le ocurre! —exclamó la cabrona en voz baja, indignada, colocándose con los brazos en jarra frente a la puerta.

24

—Voy a esperarla en el salón, entonces —dijo Juan José, recordando su espera del primer día en compañía de la puta tuberculosa que le había mostrado un pecho y le había tocado el bulto entre las piernas.

—¡No puede esperarla! —sentenció la cabrona. Se asomó a un pasillo oscuro y llamó a alguien. Apareció un sujeto gordo, con una camiseta ceñida y sucia, que le dejaba en descubierto el ombligo negruzco. El gordo le habló con suavidad, casi con ternura.

—Mejor se va por las buenas, jovencito —le suplicó—. ¿Quiere? —como si le molestara de un modo indecible verse obligado a sacarlo por los aires, a romperle los dientes, a hacerlo aterrizar sin protección alguna sobre las piedras duras del callejón ajeno e inhóspito.

El miró a la cabrona con odio, adivinando alguna complicidad, conciliábulos hostiles, y después bajó la cabeza y buscó la salida. Mientras galopaba por el camino de tierra, pegado a la acequia y a la hilera de álamos, haciendo saltar chispas de las piedras, bajando a los canales y sintiendo el chapoteo de las herraduras en el agua, espantando a los tiuques, a las tórtolas, pensaba con vaguedad en la idea de tirarse a la parte más honda y correntosa del río, la parte donde los pescados saltaban a cada rato desde la profundidad misteriosa, limosa, conectada, probablemente, con los abismos infernales. Pensaba, en seguida, que su abuelo guardaba una pistola en el cajón de su escritorio, y que no costaría nada sacarla, irse a uno de los galpones, o a la bodega de los vinos, donde no habría nadie, y dirigir el disparo contra su cabeza. Colocarse, a lo mejor, frente a la puerta de la casa color paquete de vela. O en una de las riberas solitarias y arenosas del Cato.

—Es que el tío Ildefonso —murmuró Rodrigo, aspirando el cigarrillo marca Richmond con profundidad y lanzando una larga bocanada de humo— le habló. Le dijo que no te viera por ningún motivo, en ninguna parte, si quería seguir trabajando tranquila.

—¡Maricón de mierda! —exclamó Juan José, con pasión intensa, desesperada—, ¡cabrón! ¿Con qué derecho lo hizo?

—¿Derecho? —exclamó Rodrigo, disparando el pucho pestilente por la ventana, encogiéndose de hombros—. ¡No necesitaba ningún derecho! Lo dijo, no más, y ella agachó el moño al tiro. El tío Ildefonso es cliente suyo desde que ella llegó a esa casa.

—¡No lo creo! —respondió Juan José—. Pasa golpeándose el pecho en la misa, comulgando.

—¿No lo crees? ¿Quieres que te lo demuestre?

De todos modos, el día en que tomaban el tren de regreso a Santiago, Juan José, aprovechando que su abuela, con su cortejo de primas y primos, de empleadas, de maletas y bultos, de chales y de cocaví para el viaje, llegaba a la estación de ferrocarril con más de dos horas de anticipación, se escabulló por el andén, entre los cargadores y los vendedores de barquillos y de sustancias, y llegó a la casa del callejón corriendo a todo lo que le daban las piernas, con la lengua afuera. Tocó el timbre y salió a abrirle ella misma, Bijou o Viyú (nombre que en el manuscrito quemado no había alcanzado a aparecer). Bijou estaba con el pelo negro y liso recogido en un moño, sin una gota de pintura, con la cara, los brazos, las piernas más bronceados que al comienzo del verano, y a él le pareció que mucho más hermosa.

—Creí que ya te habías ido —dijo ella.

—Me voy en dos horas más —dijo Juan José.

—¿No quieres pasar?

—Vine a despedirme —dijo él.

—Muy bien —dijo ella.

—¿Verdad —preguntó él— que el tío Ildefonso te había prohibido verme?

Ella guardó silencio durante un par de segundos.

—Es que tú —dijo— te habías tomado las cosas demasiado en serio. No sé qué se te había metido adentro de la cabeza.

—¡Entonces es verdad!

—¿No quieres una despedida rápida? —preguntó ella, acariciándole la cabeza con ternura—. ¡Gratis!

El contestó, quizá por qué, por orgullo (quizás el personaje de la novela inconclusa habría reaccionado en otra forma), que prefería que no, que no tenía ganas, pero ella lo arrastró de la mano hasta su dormitorio y empezó a besarlo en la cara y en las orejas y a desabotonarse la blusa de color fucsia. Tenía pechos morenos y firmes, más bien grandes, y sus hombros, sus antebrazos, sus axilas, eran de una suavidad que a él le parecía ajena a esta tierra, una suavidad irreal, celestial. No quiso ir con ella hasta la cama, pero le sacó los calzones, levantó sus faldas y penetró en ella de pie, contra la esquina del gran armario. Ella lanzó quejidos que casi eran gritos, alaridos y, cuando a él le vino el orgasmo, sólo atinó a agarrarse de la esquina redondeada, sus manos resbalaron, y los dos, después de dar manotazos y de sujetarse a medias, terminaron por caer al suelo con gran estrépito, con las piernas retorcidas y los torsos confundidos, y el falo de Juan José, fuera de la vagina de Bijou, Viyú, arrojó restos de semen sobre el suelo y sobre sus pantalones arrugados. Se levantaron, adoloridos y risueños, y ella le limpió la mancha de semen en los pantalones con un trapo de agua caliente.

—De aquí a la estación se te seca —dijo.

—Voy a venir de Santiago a verte —dijo él—. Apenas pueda.

—¡Cabro leso! —exclamó Bijou.

—Y si el tío Ildefonso vuelve a meterse en lo que no le importa, le voy a sacar la chucha.

—¡Cállate! —dijo Bijou—. ¡No seas loco!

Su abuela murió en Santiago a fines de ese año, víctima de un cáncer galopante. Poco antes de morir, en su caserón viejo de la calle Santo Domingo abajo, en el gran dormitorio del fondo, que daba sobre un jardín donde en esa época todavía existía un gallinero y donde se paseaban por los prados, lentos y ostentosos, tres o cuatro pavos reales (ahora la mansión es una clínica de segunda y en el antiguo jardín han instalado un servicio de urgencias), su abuela convocó a la tía Gertrudis y al tío Ildefonso y les advirtió, con gravedad y solemnidad, consciente de que se trataba de una última advertencia, de un consejo para después de sus días y en bien de toda la familia, predestinada, como lo demostraba el triunfo de Aguirre Cerda con el Frente Popular en las elecciones presidenciales, a enfrentar épocas difíciles, que tuvieran sumo cuidado con Juan José. En la mañana misma del entierro, Juan José lo supo en parte, de una manera confusa, por algunos de sus primos, por la empleada más vieja, la Carmen Rosa, y el resto se lo imaginó. Erguida en su lecho de enferma, desencajada, apuntalada entre almohadones, su abuela había dicho más o menos lo siguiente. Dos circunstancias desgraciadas, la muerte prematura en un accidente de aviación de Juan Luis, su hijo, el papá de Juan José, y la chifladura sin límites de la Rita Pérez, su mamá, loca ya de casada y todavía más loca de viuda, se habían confabulado para engendrar un sujeto de mala índole, un pequeño monstruo, porque eso era Juan José, aunque no lo creyeran, a ella, por desgracia, le constaba, y ese ser, ese monstruo chico, era una amenaza, y podía causar, si ellos se descuidaban, y sobre todo en los tiempos que corrían, ruina y desolación entre los suyos. La abuela, a fin de cuentas, a pesar de que figuraba muy poco en la novela destruida o de que quizá no figuraba (él ya no estaba seguro), no se hallaba lejos de los personajes acusadores, anatematizadores, bíblicos, de las obras de William Faulkner (el modelo más cercano de ese texto suyo que sólo podía tratar de recordar, y que por medio del recuerdo difuso transformaba en mito, en un proceso que se podría definir como de ficcionalización doble o segunda). No se hallaba lejos, pero debemos admitir que tampoco estaba tan cerca. Era una bíblica burguesa, que probablemente usaba la Biblia para sus fines mezquinos.

«No tomen esto a la ligera», habría insistido, según las versiones que llegaron a oídos de Juan José, la señora María Eduvigis (así se llamaba su abuela), modulando con dificultad, con los ojos entrecerrados y casi vidriosos, con las manos en los huesos, llenas de manchas, crispadas encima de las sábanas, mientras uno de los pavos reales, afuera, lanzaba sus alaridos entre burlones e histéricos.

Eso ocurría en una mañana, o en un atardecer, porque Juan José no tenía el dato preciso, de mediados de noviembre. Cayó la oscuridad, vino un nuevo día, se repitieron las juntas de médicos, se presentó el padre Martí del Colegio de San Ignacio, que no quedaba demasiado lejos, algunas cuadras hacia el oriente y hacia el sur de la Alameda, con los instrumentos de la extremaunción, y su abuela exhaló su último suspiro, que suponemos intenso, estertoroso, a fines del mes o en los primerísimos días de diciembre. Su abuelo, que en todas las ceremonias fúnebres participó bien afeitado, encorbatado, serio, constreñido por los cuellos duros de las camisas y con el pelo blanco muy corto, permaneció en Santiago algunas semanas, recibió con paciencia, con una máscara amable, las visitas de pésame, asistió a una cena de fin de año en casa de la tía Gertrudis y de su marido, el doctor Varas Infante, ginecólogo de fama, hombre tranquilo, y regresó en tren a la Rinconada de Cato el día 2 de enero.

Juan José, que también asistió a esa cena en compañía de la Rita Pérez, su madre, y que se encontró con una nube de parientes cercanos y de primos que conocía y que no conocía, llegó a la conclusión de que la tía Gertrudis, que le guiñaba un ojo, que le palmoteaba la cabeza, que exclamaba: «¡Qué buenmozo estás, chiquillo!» y que celebraba con entusiasmo la asistencia de su madre, «¡Tanto tiempo que no te veíamos, Rita! Sigues estupenda, como de costumbre», no había tomado demasiado en serio la advertencia *in articulo mortis* de su abuela. El tío Ildefonso, en cambio, le dio la punta de dos dedos que parecían dos palillos de tambores, y durante toda la noche lo miró de soslayo, con reservas más que evidentes. Juan José sintió que las acusaciones de su abuela, que no conocía con exactitud, pero que se imaginaba perfectamente, frente al tío Ildefonso, frente a los amigos, al mundo del tío Ildefonso, lo habían marcado con un estigma. Juró que se vengaría de él, y a través de él, de ella, de su abuela difunta, y lo primero que hizo fue darle la espalda en forma ostensible cuando sonaron las sirenas de la radio y la gente empezó a repartirse los abrazos de Año Nuevo. Se abrazó con su abuelo, con la tía Gertrudis, con el doctor Varas Infante, con la Rita Pérez (su madre), con cinco o seis primos y primas, y, al divisar al tío Ildefonso cerca, con sus ojeras moradas, con su cara chueca, le dio la espalda, entró a la cocina y abrazó a la Berta Salamanca, la cocinera gorda y sonriente que les había preparado los pavos rellenos con ciruelas. El tío Ildefonso le devolvió la mano un poco más tarde; no se despidió de él al irse, y él se dijo, para sus adentros, «¡Me las vas a pagar, maricón de mierda!». Después, en el camino de regreso a su casa, le haría un comentario a su madre, y ella, la Rita Pérez, le diría: «No estoy nada de acuerdo contigo. Encontré a Poncho tan simpático y piropero como siempre». «¡Estás loca!», respondería él, trastornado de furia, diciéndose que a lo mejor ella, también, había tenido aventuras con el hermano de su difunto marido, el tío Ildefonso. Se lo había dicho para sus adentros y había tenido un arrebato de angustia, un ahogo, casi un ataque.

Suponemos que después se olvidó de sus propósitos de venganza, pero que en su inconsciente algo quedó. También suponemos que aquellos propósitos influyeron de algún modo, de alguna manera por lo menos indirecta, en la orientación futura de su vida. Quizá su vida habría tomado un rumbo diferente, menos accidentado, más convencional, si no hubiera sido por el episodio de la casa de color paquete de vela (método ya utilizado en la literatura, no tengo más remedio que admitirlo, para designar prostíbulos pueblerinos), por aquel episodio y por sus exaltados deseos de vengarse del tío Ildefonso y de todo lo que representaba. Al fin y al cabo, el tío Ildefonso, junto con descalificarlo a él, descalificaba sutilmente a su madre, la Rita Pérez (sin abstenerse de lanzarle piropos, de darle, quizá, pellizcos por debajo de la mesa, ¡y más que eso, quizá!).

Su abuelo, que en Santiago, en medio de la familia, siempre se veía cansado, agobiado, hasta el punto de que se ponía más chico, más pálido, más enjuto, un poco tembleque, lento y trabado para modular las palabras, había partido, como ya se ha dicho, a la Rinconada, donde encontraría su equilibrio, su reposo, su posible alegría, el día subsiguiente a la cena de la tía Gertrudis, el 2 de enero. El día 8 o el 9, hacia la medianoche, se produjo el terrible terremoto de Chillán, que arrasó con la ciudad y dejó decenas de miles de muertos, incendios, desolación y ruina, en toda la zona. Las comunicaciones con Chillán y, para qué decir, con la Rinconada de Cato, quedaron completamente cortadas (no hay que olvidar que corrían los primeros días del año de gracia, o desgracia, de 1939), y las noticias que se recibían en la capital eran pavorosas. Se hablaba de personas enterradas vivas debajo de los escombros, de un teatro que se había desplomado sobre toda la asistencia, en plena función nocturna y a tablero vuelto, de grietas abismales que se habían abierto en la tierra y habían devorado en cuestión de segundos a hombres, niños, caballos. ¡Signos del Apocalipsis, del final de los tiempos, que coincidían ominosamente con esas caras torvas, mulatas, que habían hecho su aparición en el palacio de La Moneda y en sus aledaños!

La familia se reunió de urgencia en la casa deshabitada de la calle Santo Domingo, al mediodía del día siguiente, y se convino en que la tía Gertrudis, con el tío Pablo y con la Emilia Salas Romero, su esposa, viajaran a primera hora de la mañana siguiente, que era la subsiguiente a la del terremoto, en automóvil, a la Rinconada de Cato. El, Juan José, esto es, para que nos aclaremos un poco, o para que nos confundamos, yo, pidió con gran insistencia, quiero decir, pedí, que me llevaran. El tío Ildefonso contestó que por ningún motivo, pero él tenía que cumplir un compromiso, importante según él, en Santiago, y su oposición fue superada con facilidad por la tía Gertrudis y el tío Pablo. El farsante del tío Ildefonso, que había heredado el tono ostentoso y vacío de mi abuela, anunció que viajaría ese fin de semana en el avión particular de un amigo, un tal Errázuriz Arrigorriaga, y yo no le creí una palabra. Después sabríamos que había viajado, que no se había conseguido ningún medio de transporte cómodo, conforme a sus particulares exigencias de comodidad, para llegar desde el aeropuerto hasta la Rinconada, que había preguntado si el Club estaba abierto para ir a almorzar y le habían contestado que se había venido guardabajo, y que se había vuelto a Santiago el mismo día.

«¡Típico del tío Ildefonso!», comentaría yo, y la tía

Gertrudis, que estaba de acuerdo conmigo, pero que no podía permitir que esa posición se hiciera demasiado explícita, me diría que me callara, que no fuera insolente. Encontramos las huellas del terremoto desde la salida misma de Santiago: paredes con hendiduras, tinajas de greda rotas, techos con las tejas corridas. A medida que nos internábamos en el sur, en medio del calor asfixiante y del polvo, los signos de la destrucción aumentaban. En la plaza de Linares, donde paramos a llenar el estanque de bencina, había casas por el suelo y personas que buscaban a sus deudos o sus objetos de valor entre los escombros. Nosotros comíamos un sándwich de carne fría, nuestro almuerzo, y mirábamos el espectáculo con extrañeza, sin poder acostumbrarnos, a pesar de que yo descubrí con el paso de los años que uno se acostumbra a todo. ¡Hasta descubrí que el tío Ildefonso era un tipo universal, muy difundido en nuestra tierra, y todavía más peligroso de lo que yo sospechaba en ese entonces!

El puente de la entrada a Chillán estaba roto y los vehículos motorizados tenían que cruzarlo por dos tablones que habían colocado en la parte más destruida. Abajo se divisaba una corriente barrosa, que arrastraba ramas de árboles, escombros, animales muertos, podridos. Si el auto se salía de los tablones, uno podía matarse, o quedar por lo menos bastante a mal traer.

—Todos los pasajeros tienen que bajar —chilló un carabinero chato, de orejas grandes, con un enorme lunar negro en la cara de mapuche—. Sólo se queda el que maneja.

—Yo no me bajo —declaró la tía Emilia Salas Romero con la cabeza muy erguida, con gesto de voluntad inconmovible . Yo cruzo junto a mi marido.

Hubo una larga discusión, porque el carabinero no quería dar su brazo a torcer, y la tía Gertrudis tuvo que parlamentar con un oficial que estaba a cargo de todo para explicarle la posición de su cuñada. Estoy viendo ahora a la tía Emilia en el asiento del lado del tío Pablo, tiesa como palo, un poco roja, estoica, impertérrita. Ella no se apartaba de él en un momento de peligro. ¡Ni muerta! Y cruzar esos tablones, que se arqueaban y crujían bajo el peso del Ford del año 30, era como cruzar precisamente el río de los muertos. Pasamos, la tía Gertrudis y yo a pie, enfermos de vértigo, tratando de no mirar el torrente de barro, ellos en el auto con el motor detenido, arrastrados por una cuerda de la que tiraba una yunta de bueyes, y nos encontramos dentro del mismísimo Infierno. Por todas partes había adobes pulverizados, vidrios molidos, grietas, casas destripadas, gente que lloraba, heridos, cadáveres, y el resplandor de los incendios teñía el horizonte de rojo sangre. Los enfermeros y las enfermeras sudaban, agotados, y habían colocado camiones para que sirvieran de ambulancias colectivas o de carromatos fúnebres. Mis tíos decidieron ir a la comisaría que estaba cerca de la plaza, a la Municipalidad, a la Asistencia Pública, al Banco de Chile, a lo que todavía estuviera en pie de esos edificios, si es que algo había quedado en pie, para averiguar noticias de mi abuelo y de la Rinconada de Cato, y seguir después hasta el fundo, puesto que el camino, o por lo menos un rudimento de camino, todavía tenía que estar ahí. Cuando ellos le hacían preguntas al centinela, en la entrada de la comisaría, di media vuelta sin decir palabra y partí a la carrera, a todo lo que me daban las piernas, sin mirar para atrás, a la casa del callejón. Tuve que saltar por entre los escombros, que ocupaban toda la calle, sin dejar ni siquiera un sendero por el medio, mientras escuchaba una voz que clamaba al cielo, que lloriqueaba y se lamentaba, pero los muros de color paquete de vela, descascarados y cuarteados, se mantenían en pie, como si indicaran, en el vértice mismo de la catástrofe, una superioridad burlona del pecado, del vicio. Di unos cuantos golpes fuertes en la puerta, y como no venía nadie, empujé la manilla de metal gastado, un globo terráqueo abrazado por una culebra de bronce, y se abrió con toda facilidad. Por dentro la casa se veía mucho peor que por fuera: puertas desquiciadas, tejas rotas, mazacotes de adobe sembrados en el patio, cosas pulverizadas, una maleta reventada y abierta que mostraba unas pilchas miserables, papeles escritos, una muñeca sin cabeza, y algo que resultó ser, al examinarlo de más cerca, un condón asqueroso, usado. También había una fusta de cuero negro, que tanto podía servir para azuzar a los caballos del potrero del lado como para disciplinar y excitar a los clientes, al hipócrita consumado del tío Ildefonso, a quien me imaginé amarrado a un catre de fierro, desnudo y sometido al látigo, y había, más allá, un peinetón sin dientes.

Levanté la vista y encontré la mirada legañosa, neblinosa, de una vieja increíblemente reseca, de faldas largas y anchas, sentada con las piernas abiertas sobre un montón de corontas de choclo. Daba la impresión de haber aterrizado allí, sobre las corontas, de no haber podido moverse nunca más, y de contemplar el cataclismo anonadada, imbecilizada. De todos modos, después de mirarme un rato, procedió con manos temblorosas, puros huesos deformados, artríticos, a seleccionar cosas, objetos miserables que estaban a su alcance, una botella de vino vacía y con el gollete roto, unos guijarros, unos granos de maíz.

—¿Qué pasó con Bijou? —le pregunté.

—¿Con quién?

—Bijou. La niña que vivía en esa pieza —y señalé la puerta desfondada, arrancada de sus goznes.

—No conozco a ninguna Viyú —replicó la vieja, de mal modo.

—La conocería usted con otro nombre.

—¿Viyú? ¿Qué Viyú?

Los ojos de la vieja eran ínfimos, dos rajaduras nubladas entre remolinos de arrugas. Sólo verían resplandores confusos, sombras. Además, la tarde empezaba a caer sobre el rectángulo del patio en ruinas.

—¡Aquí no hay ninguna Viyú! —masculló la vieja, con una ira inexplicable, como si la pregunta contribuyera a aumentar el desastre generalizado.

«¡Vieja de mierda!», me dije, y hubo, sin duda, transmisión de pensamiento, porque la vieja, levantando el puño derecho, temblando de rabia, chilló:

—¡*Weya kona! ¡Weye! ¡Weyeche!*

—¡India bruta! —contesté, mientras ella repetía, agitando el puño de hueso, trastornada por la ira:

—¡*Weyeche! ¡Weya kona! ¡Lloy! ¡Weyeche! ¡Weyeche!*

El almacenero de la esquina de la plaza le dijo a mis tíos que don Medardo, mi abuelo, según sus noticias, estaba bien. Le habían contado que la casa se le había caído encima, pero que a él, por una suerte milagrosa, no le había tocado ni un pelo. La noticia nos permitió continuar el viaje más tranquilos, con toda calma, comiendo unas manzanas verdes a mordiscos. Yo me bajaba a cada rato para separar los cascotes que obstruían el paso en el camino de tierra y para ayudar a mi tío Pablo a hacerles el quite a las grietas más profundas. El tío Pablo, que era el filósofo de la familia, que se pasaba, decían, todas las noches despierto, encerrado en su biblioteca, declaró desde su puesto junto al volante:

—La historia siempre supera a la ficción y, en el caso de Chile, saben ustedes, lo que sobrepasa siempre las ficciones más descabelladas es la naturaleza. Si no lo creen, miren a su alrededor, piensen un poco, recuerden.

La tía Gertrudis, que miraba a través de la ventanilla las chozas desplomadas junto al camino, las caras tristes, los niños sucios y semidesnudos, exclamó: «¡Pobre gente!», y el tío Pablo, más filosófico a medida que nos internábamos en aquellos parajes desolados, preguntó: «¿Por qué pobre? Viven mucho más felices que nosotros. Sin las preocupaciones y los compromisos que tenemos nosotros».

Supimos que mi abuelo se había refugiado en el hueco de la escalera, en el primer piso, porque todavía, cuando empezó a temblar la tierra, no había subido a su dormitorio, que si hubiera subido no habría contado el cuento, el muro se desplomó entero sobre su cama, hizo añicos el catre. Se había quedado encerrado en ese hueco, protegido del derrumbe por la caja de la escalera, pero sin poder salir, y Huelquiñur, uno de los inquilinos mapuches, había escuchado los gritos desde afuera y lo había salvado. Estoy seguro de que Huelquiñur no aparecía con su nombre en el primer manuscrito. Me habría acordado de haber puesto ese nombre extraño, y no me acordaba para nada. En cambio, en esa novela había personajes innominados, sombras que se deslizaban por los galpones del fondo, cuerpos que se escurrían, campesinos que tenían las ojotas hundidas en el barro y que se sacaban el sombrero de fieltro para saludar a mi abuelo, y uno de esos seres sin nombre en el texto, pero cuyo nombre había escuchado muchas veces en aquellos veranos remotos, era Huelquiñur, no cabe duda.

Llegamos al anochecer, después de viajar más de una hora a velocidad de tortuga, y encontramos a mi abuelo en el momento en que se disponía a dormir en uno de los galpones grandes, separado de la demás gente del fundo por una frazada levantada a manera de cortina.

—¡Me salvé por un pelo! —exclamó, riéndose, al vernos llegar. Se levantó de inmediato, nos abrazó, nos besó varias veces, con los ojos, me pareció advertir, húmedos, a pesar de que todavía pretendía reírse, y nos condujo a pasos rápidos hasta las ruinas de la casa para mostrarnos el sitio exacto donde había quedado enterrado, sepultado vivo.

—¡Qué horror! —gritó la tía Gertrudis al ver el montón de ruinas, aterrorizada, y se santiguó y rezó algo. Lo mismo hizo, con cara seria, la tía Emilia, mientras el tío Pablo movía la cabeza y se entregaba a quizá qué cavilaciones. Por mi parte, pensé que era fantástico que mi abuelo se hubiera salvado y que pudiera disfrutar durante algún tiempo de la vida sin mi abuela.

El ordenó que les hicieran camas a mis tíos, o simulacros de camas, mejor dicho, en la parte suya del galpón, y yo, después de pedirlo con insistencia, dormí al otro lado de la frazada, junto a los inquilinos. Aunque ya hubiera perdido las esperanzas, desde ahí podía conservar por lo menos la ilusión de escaparme, de encontrar a Bijou en algún lado. Cuando se impuso el silencio, la inmovilidad de los dormidos, alterada por ronquidos, suspiros, toses, me arrastré por el suelo hasta el jergón de Huelquiñur, que tenía los ojos abiertos en la oscuridad.

—¿Qué quiere, niño?

—Dime, Huelquiñur, ¿qué significa *weya kona*?

—¿*Weya kona*? *Weya kona* significa malo, imbécil.

—Y *lloy*, ¿qué significa?

—¿*Lloy*? ¡Tonto!

—¿Y *weyeche*?

En la oscuridad densa, Huelquiñur sonrió. Movió la mano derecha, vigorosa, pero arrugada por la edad, para un lado y para otro. Después, con gran esfuerzo, acercó la cara cobriza, apergaminada, a mi oído.

—Significa maricón —murmuró.

Después estiró esa misma mano hacia atrás de una manta de Castilla que le servía de almohada y sacó una botella que en lugar de corcho tenía un pedazo de papel de diario. Llenó un vaso de apariencia dudosa y me lo alargó. Era chicha de manzana fuerte, un poco rancia, pero todavía cabezona.

—Hay que agradecer —murmuró, con su pronunciación rara—, hay que celebrar.

—¿Por qué?

—Porque estamos estando vivos.

¡Tenía razón Huelquiñur! Estábamos estando vivos, y eso era mucho, siempre es mucho. Escribo esto cuando han pasado más de cincuenta años y me digo que Huelquiñur se habrá convertido en polvo de huesos. ¿Y Bijou, o más bien Viyú? ¿Descansará también debajo de la tierra, o lanzará maldiciones por una boca desdentada, como la vieja de las corontas? ¡Oh emoción, oh misterio! Con la escritura, una manía como cualquier otra y que yo he redescubierto en la tercera edad, al filo de los setenta, después de haber quemado ese primer ensayo hace alrededor de medio siglo, consumo mis venganzas (perfectamente inútiles) e invoco los nombres sagrados. Castigo, por fin, como se lo mereció siempre, aunque lo hago demasiado tarde, al tío Ildefonso. Y recuerdo a Huelquiñur debajo de la tierra. Y a Bijou, o Viyú.

¡Viyú!

¡Huelquiñur!

Febrero, marzo de 1992
La Herradura, Coquimbo, Santiago

El pie de Irene

La plaza Bernarda Morín existe en Santiago de Chile, cerca de Providencia y de la plaza Italia, pero nunca viví en ella ni en sus alrededores, la conocí muy de pasada, y es, como todo en la literatura, un producto de la memoria creativa, un invento: con fondo de alaridos selváticos, el de los jóvenes pieles rojas y cazadores de gatos, y con el delirio lógico e ideológico del abogado nazi. En resumidas cuentas, se trata de una fantasía con destellos premonitorios, escrita en los años finales de la prehistoria republicana, hacia 1971 y 1972, y reescrita en la actual protohistoria. Irene, o la Irene, para emplear el inevitable artículo femenino de Chile, más inevitable cuando recae sobre una persona del servicio doméstico, como la Bijou de «La sombra de Huelquiñur», aunque con menos misterio, desaparece. Ahora bien, su reaparición, y en la forma menos extravagante del mundo, sería perfectamente verosímil: en un supermercado, en una fuente de soda, en un carro del metro. En cuanto al narrador de la historia, quedará en la mitad del camino de la adolescencia, en el umbral de la juventud, sepultado en su selva Bernarda Moriniana. No queremos especular acerca de su porvenir porque no sabemos nada. Anunciar que se transformará en un profesional mediocre, calvo, barrigón, moderadamente alcohólico, sería arbitrario e inexacto, además de injusto. Lo correcto sería dejar en claro que carece de todo porvenir fuera del espacio inevitablemente limitado, acotado, del relato. Y doblar la página.

Como algunos primos y compañeros de curso, y antes que muchos, en aquella época, en vísperas del viaje de mi madre a Estados Unidos y de la llegada de la Irene a la casa, ya había tenido mi primer amor. Fue algo muy diferente de lo que pasaría después: una niña de cara redonda y de boca delgada, una cara de porcelana, pero donde se movían y echaban chispas dos ojos provocadores, astutos. Una tarde cualquiera, en las orillas de la piscina del Club de Polo, me atreví a mirarla fijo, desde cinco o seis metros de distancia, y ella, que estaba sentada en el suelo, en un traje de baño ajustado de color esmeralda, y que jugueteaba con el pasto, levantó la vista y me devolvió la mirada con expresión seria, con toda intención. En el primer momento, sus ojos parecían pardos, pero contra la luz tenían un brillo verdoso, y eran, sobre todo, muy difíciles de entender: no se sabía si esa seriedad con que se fijaban en mí escondía una broma, una burla, alguna trampa. Apenas se alejó de la piscina, con sus piernas y sus brazos blancos, de leche, que contrastaban con el brillo de la tela esmeralda, le dije a la Lucinda, mi hermana mayor, sin reflexionar sobre las consecuencias de una confesión así, que me había enamorado. Como era de suponer, la estúpida de la Lucinda, con una indiscreción típicamente suya, que no le daba la menor importancia a los asuntos más delicados, como si la preferencia, o si ustedes quieren, la chochera de mi padre, la salvaran de complicaciones, la eximieran de tener que usar artimañas y sutilezas, agarró el teléfono esa misma tarde, porque la conocía, me dijo que se llamaba Sabina Espronceda, y le contó, ¡qué yegua!, con la mayor naturalidad del mundo, después de algunos preámbulos, riéndose, que yo, Ramiro, mi hermano chico, ¿sabes?, me había enamorado hasta las patas de ella.

«¡Imbécil!», le grité a la Lucinda, «¡huevona!», y como mis insultos continuaron, compulsivos, con una voz que se me había puesto tembleque, a ella no se le ocurrió nada mejor que ir a acusarme al viejo. Es una conducta muy propia de la Lucinda, una actitud maricona que la retrata de cuerpo entero.

Un domingo en la tarde supe que la Sabina Espronceda estaba en la casa de visita. Me quedé con la boca abierta, con el corazón dándome saltos desaforados. ¿Qué había podido pasar? Me lo pregunté, pero la verdad es que la respuesta era clara como el agua. Con su mente retorcida, con su curiosidad perversa, la desgraciada de la Lucinda había maniobrado para hacerla venir, para ponernos cerca. Ella se haría la tonta, tomaría palco. En esa época, la Lucinda rechazaba en forma tajante a todos los hombres que se le acercaban —la estoy viendo, armada con la manguera del jardín, propinándole una feroz ducha a un par de galanes que le habían lanzado piropos desde el otro lado de las rejas—, pero vivía, a pesar de eso, armando enredos, sospechando amores, viendo confabulaciones hasta debajo de las camas. ¡Parecía que tenía la mente en un estado de fiebre alta! Pues bien, ese domingo en la tarde yo caminaba por el corredor y escuché las voces a través de la puerta, que la Lucinda, con su cuidado maniático de los detalles, había dejado entreabierta a propósito. Caminé más despacio —las piernas se me habían puesto de lana, la boca se me había secado—, empujé la puerta con el hombro, como si me hubiera chocado de repente con ella, cosa absurda, y me asomé.

—¡Hola! —dije.

—¡Hola! —dijo la Sabina Espronceda, con voz neutra, como si viniera de visita y se sentara encima de la cama de la Lucinda cuatro veces a la semana.

—Pasa —murmuró la Lucinda con voz mundana, dándose vuelta a medias y mirando apenas por encima del hombro, porque estaba de espaldas a la puerta, ¡todo estudiado al milímetro!—, y cierra.

Hablaron más de media hora sin parar, un poco aceleradas, quizá, por mi aparición, ¿o eran ideas mías? Hablaron de las monjas, y sobre todo de las monjas más pesadas, que daban sus órdenes con un sonido seco de castañuelas; de la micro del colegio, que recorría la mitad de Santiago y se demoraba un siglo; de las compañeras de curso que les parecían dignas de ser amigas de ellas (no se salvó casi ninguna). La lengua se les enredaba, y actuaban, o fingían actuar, como si yo fuera un mueble. La Sabina Espronceda, por ejemplo, agarraba una pelusa con la punta de las uñas, como en la piscina, o se alisaba el pelo, echando la cabeza para atrás y lanzándome una mirada rápida, de refilón. Pasaban los minutos, y no se me ocurría absolutamente nada que decir. ¡Pero nada! Hasta que me paré y partí sin despedirme. Atravesé hasta la casa de Marquitos, donde sabía que iba a reunirse la pandilla para salir a matar gatos por el vecindario, con rifle y todo, comandados por el abogado loco de la casa del frente.

En la noche mi hermana me dijo: «¡Qué pavo eres! ¡Eres un pavuncio!», y lanzó una carcajada ostentosa, completamente desproporcionada. «¿Qué ocurre?», preguntó mi papá, dejando la cuchara en el plato de sopa, limpiándose los labios con la servilleta sucia. «¡Nada!», respondió mi hermana, con su pesadez infinita. «Nada que le interese a usted.» Mi papá la miró, abstraído. Se

notaba que estaba preocupado por otra cosa, muy preocupado, y que esas preguntas vagas lo distraían, y le daban
tiempo. ¿Tiempo para qué? Esa noche tomó la cuchara
de nuevo y lanzó un gran suspiro, mientras mi mamá
contaba los preparativos de su viaje, que de repente se
había convertido en el acontecimiento de su vida. ¿No
se trataba de cumplir con la voluntad expresa de su padre,
mi abuelo Juan Luis, escrita de su puño y letra en una
carta testamentaria? ¿No se trataba de compensarla de los
gastos en que había incurrido mi abuelo para mantener
fuera de la cárcel al tío Bernardo, el Nano, el hermano
único de mi mamá, un borracho y un sinvergüenza de
siete suelas?

Pero estoy hablando de la Sabina Espronceda, y ya
he dicho, o he dado a entender, que lo de la Irene fue
otra cosa. Lo de la Irene no tuvo nada que ver con la
Sabina, ni con mi hermana, ni con la piscina del Club
de Polo y todas esas cosas. Hizo su entrada la Irene en
el comedor de la casa, y todo eso, como por arte de
magia, empezó a retroceder, a desvanecerse, en contra,
en cierto modo, de mi voluntad, a pesar mío. Si alguien,
si Marquitos, por ejemplo, que al final supo, al final, debajo del castaño de mi casa, le conté todo, mientras él
imploraba y me tironeaba de la camisa para que le diera
más detalles, frenético; si Marquitos, por mencionar a alguien, hubiera empleado la palabra «amor», la palabra
«enamorado», me habría sofocado de rabia. Estaba claro
que mi primer y único amor había sido la Sabina Espronceda, la niña de piel de porcelana china y de traje
de baño color esmeralda.

Cuando mi madre se hallaba en lo mejor de los preparativos de su viaje, a dos semanas de tomar el barco,
la empleada de las piezas, una vieja fregada, mañosa,
medio sorda, enferma perdida de los nervios, escogió ese
momento preciso, por fregar más, según mi mamá, para

decretar que se iba de la casa. El viejo cascarrabias tuvo un nuevo argumento en contra, sin contar la idea, que se le había metido entre ceja y ceja, de que Estados Unidos entraría a la guerra justo cuando mi mamá y la Pelusa, su amiga inseparable, estuvieran en alta mar, rodeadas por un enjambre de submarinos alemanes. «¡Ahí sí que las quiero ver!», exclamaba mi papá, sobándose las manos con una expresión entre burlona y lúgubre.

Mi mamá partió como loca a una agencia de empleos y tomó a la Irene esa misma mañana, sin fijarse mucho en las recomendaciones. «¡Imagínense!», clamó el viejo, mesándose los pelos que habían empezado a ponerse grises. «¡Quizás en manos de quién nos deja!» Mi hermana, que siempre salía en apoyo del viejo, sobre todo cuando se podía crear conflictos sin solución, añadió: «¡Tiene una facha de sucia, de bestia!». En ese momento entró al comedor, con la fuente sostenida por unas manos gruesas, coloradotas, con sabañones, y todos nos callamos. «Aprenderá rápido», anunció mi mamá, feliz de la vida, después de que la Irene hubo dado la vuelta a la mesa con la fuente humeante de charquicán, que sostenía con seguridad, aunque de un modo algo tosco, y regresado al repostero: «Su expresión es muy viva». «¡Una expresión de vaca!», corrigió mi hermana con una mueca de disgusto. Pero mi mamá, ahora, hablaba de otro de sus temas favoritos, de las acciones de mi abuelo. Las Disputada de Las Condes habían subido en la Bolsa, de modo que con sólo vender la mitad se financiaba el viaje, y hasta le sobraba. Mi papá, descompuesto, tiró el tenedor sobre el plato con una violencia que no era nada de frecuente en él.

—De acuerdo con la legislación chilena —dijo—, soy yo, y nada más que yo, el que tiene que administrar esa herencia.

—¡Las pinzas! —dijo mi mamá, impertérrita, y el viejo se mordió con saña, con un gesto de desesperación, las coyunturas del índice de la mano derecha.

Es cierto que la expresión de la Irene, como había dicho mi mamá, era muy viva, pero también es cierto que tenía un aspecto un poco vacuno: cutis colorado y más bien áspero, caderas gruesas, aunque bien formadas, y unos movimientos pesados, que correspondían, según la clase de zoología, a los animales rumiantes o a los plantígrados. Era rumiante, vacuna, de paso lento, y a pesar de eso tenía algo atractivo, ¡era hasta bonita! A veces interrumpía su faena y se quedaba inmóvil, apoyada con los dos brazos en el palo de escoba y con la vista fija en la distancia. ¿En qué pensaría? Se arremangaba, acalorada, y mostraba los antebrazos robustos, de color cobrizo. Yo le miraba entonces los ojos, que de puro pensativos se ponían turbios, y me imaginaba potreros, pastizales enormes de donde sacaban una vaca a picanazos, a caballazos, para instalarla en el centro de la ciudad, entre muros deslavados, adoquines, desagües, rieles de tranvías. «¿Su mamá viaja mucho?», me preguntó. «Nunca. Pero ahora que terminó el luto por mi abuelo, que murió hace un año, parte a Estados Unidos a gastarse la cuarta de libre disposición con una amiga. Mi abuelo puso bien claro, de su puño y letra, que le dejaba la cuarta de libre disposición para que la gastara en lo que le diera la gana, en un viaje, o en jugársela al póquer, o en echársela al cuerpo, en lo que se le frunciera. Así mi papá, que siempre vivió, por lo demás, a costillas de mi abuelo, no pudo alegar nada. Chilló que eran gananciales, y que la guerra y el Frente Popular nos iban a dejar en la calle, y que el degenerado del Nano, mi tío, ya se había tomado y farreado más de la mitad de las cosas, pero al final se comió el buey. Mi abuelo era un viejo muy sapo. Se las arregló para que mi madre, con

50

las Disputada de Las Condes, se diera un gusto en recuerdo suyo.»

La Irene me miró con ojos redondos, colgada como una ampolleta. No había entendido nada, o casi nada, pero tampoco demostró mayor interés por entender. En esos días, cuando ella andaba cerca, cuando dejaba de trabajar y me miraba y después miraba al vacío, o cuando pasaba por el corredor con sus pantorrillas sólidas, sus pisadas firmes, sus movimientos tranquilos, yo sentía una sensación que no habría podido describir con palabras. Observaba de reojo su mirada lejana, que de repente perdía su brillo, como si pasara un nubarrón, un recuerdo malo, o seguía desde atrás su cuello sólido, o me acercaba con cualquier pretexto y sentía su olor, donde el sudor fresco se mezclaba con una emanación vaga de arbusto, de afrecho, y me quedaba mudo. Adivinaba que ella sabía cosas que yo ni sospechaba, a pesar de que había mamado con la leche materna términos que para ella eran jerigonza pura: cuarta de libre disposición, dividendos, emisiones liberadas, particiones, gananciales. Ella comprendía, y comprendió mejor entonces, al escuchar mi perorata sobre la cuarta de libre disposición y sobre las Disputada, que aquellos conocimientos serían muy difíciles de adquirir, además de probablemente inútiles, y optó por separarse de la escoba, que había llegado a hundirse entre sus dos pechugas, y seguir barriendo. Yo, entonces, sin saber muy bien cómo, le di un golpe en la cadera. «¡Déjese, niño!», gruñó. Le di, en seguida, un tremendo empujón. «¡Déjese!», insistió, colorada, con la escoba aferrada entre las dos manos. Entonces le di un pellizco fuerte al costado de la axila izquierda, a muy pocos centímetros de la pechuga, que no me había atrevido a tocar, pero que miraba con la boca abierta y creo que con la baba colgando, yo también convertido en vaca. La Irene dejó la escoba contra el muro, con toda calma, y me dio una palmada que me hizo ver estrellas. Salí de la pieza haciendo morisquetas, simulando que la palmada no me había dolido, pero la mejilla me ardía y las lágrimas me empañaban los ojos.

Durante el par de meses que mi mamá y la Pelusa, su íntima amiga, anduvieron de viaje, la Irene solía entrar en la noche a mi pieza, sentarse a los pies de la cama, en la semioscuridad, y contarme cuentos. Era una primavera lluviosa, y yo me entretenía en mirar el reflejo de las gotas de lluvia y de las ramas del árbol de la calle en el techo. Con una voz monótona, gangosa, la Irene contaba cuentos de fantasmas en el sur, de muertos que llegaban a lamentarse al sitio de su perdición. «Ya nada podía tranquilizarlos», decía, con los ojos clavados en otra parte, «se habían condenado por los siglos de los siglos.» En un segundo de terror, un muchacho muy joven se volvía blanco de canas. Un asesino descubría con espanto, en medio de una fiesta, que de sus manos chorreaba una sangre pegajosa, casi coagulada, parecida a una mermelada de frambuesas. Un cura libidinoso, que corrompía a las muchachitas de su pueblo, reventaba a medianoche, sin confesión; a la noche siguiente había un ruido de cadenas que se arrastraban por los corredores. Ellas salían a ver y no encontraban a nadie, pero flotaba en el aire un olor inconfundible de azufre.

—¿Y qué les hacía el cura a esas cabritas?

—Nos tocaba los pechos —dijo la Irene—. Nos metía la mano entre las piernas.

Me miró de reojo, como si el cambio del *ellas* al *nosotras* exigiera esa mirada, y nos quedamos callados. La Lucinda estaba encerrada en su pieza. Debía de leer novelas rosa o escribir alguna de sus cartas venenosas, donde hablaba mal de Marquitos, de mi madre, de la Pelusa, de todos nosotros. Habíamos recibido tarjetas postales desde el canal de Panamá, el Empire State Building, el

Rockefeller Center. Mi padre, a todo esto, no llegaba todavía a la casa; se habría quedado charlando con los amigos y tomando tragos en el Club de la Unión o en cualquier otra parte; salvo que anduviera con alguna chinoca, como dijo una vez Marquitos, que al darse cuenta de que había metido la pata delante de mí se puso de color lacre.

—Buenas noches —dijo la Irene.

—No te vayas —le pedí, le supliqué, casi—. Quédate.

—Se hace tarde —dijo—. Su papá va a llegar de un momento a otro, y usted todavía despierto...

—¡Estás loca! Mi papá debe de andar por ahí con alguna ñata.

—¡No diga eso, niño! Dios lo va a castigar...

La Irene bostezó estirando sus brazos robustos, con las manos empuñadas. Le pedí que me contara otro cuento y dijo que no sabía ningún otro. «Cuéntame otro cuento de ese cura.» Ella no recordaba más cuentos del cura, pero me habló del doctor Lisardo Urrejola, que era radical y masón y que llegaba de visita al liceo una vez al año para vacunar a las alumnas contra el tifus.

—Nos obligaba a desnudarnos enteras para colocarnos la vacuna.

—¿Enteras?

—¡Enteras! ¿Habráse visto?

Yo me di vuelta en la cama, alterado, y miré el círculo de la luz del farol. Había un poco de viento y las ramas todavía estaban secas, pero según Marquitos ya se notaban los brotes primaverales. Sentí que la Irene volvía a bostezar. Después sentí que se tendía sobre la cama, con flojera, y que sus tetas pesadas y blandas me rozaban los pies a través de la ropa. Yo me quedé completamente seco, paralizado, con la vista clavada en las ramas, que el viento de vez en cuando hacía moverse. Es decir, tenía paralizado el cuerpo, pero el corazón se me salía por la boca. Al rato empecé a recuperarme de esa especie de parálisis que me había venido. Ni la Irene ni yo hacíamos el menor movimiento, pero ella, ahora, apoyaba sus pezones anchos en los dedos de mis pies, a través de la tela de las sábanas, en forma decidida, y el ruido de su respiración era más pausado y profundo. Mi hermana ya debía de dormir, y mi padre, con sus amigotes del Club, probablemente se hallaría en la culminación de su euforia, golpeando las copas en la mesa, hablando a gritos y riéndose a carcajadas, salvo que fuera cierta la teoría de Marquitos, que porfiaba en que lo habían visto con una chinoca en una hostería poco frecuentada de El Arrayán... La sangre, a todo esto, me había vuelto a circular: me ardía en las orejas, como fuego, y se repartía por las sienes, las mejillas, los brazos, el esternón, y hasta por los dedos de los pies, que ahora, en lugar de agarrotarse, buscaban espacio, como si fueran plantas. Nuestros cuerpos se habían enganchado por los dedos de mis pies y por las pechugas de la Irene y ya no podían soltarse. La respiración de ella se ponía jadeante y a mí se me agolpaba la sangre en las extremidades, en las orejas en combustión, en los labios que se ponían gordos, en el falo, que se abría camino por su propia cuenta entre los recovecos del piyama, que se desprendía de ese envoltorio de algodón áspero y se alzaba, tenso, duro, formando un promontorio, un montículo, en el centro blanco de las sábanas.

El movimiento de rotación se hizo más pronunciado y las manos gruesas y rojas de la Irene, que siempre veía restregando ropa o manejando una escoba, tantearon el terreno y se adelantaron, seguidas por las dos pechugas enormes. Yo no las veía, prefería seguir con la vista clavada en la ventana, pero las adivinaba, y el jadeo, el ritmo de respiración de animal grande, alterado, se acercaba. Primero sentí por encima de las sábanas una mano más bien torpe, indecisa, que tocaba mi sexo. Después, una carga blanda y ancha, que se movía con suavidad, decidiéndose, decidida, y no encima, esta vez, de unos dedos fosilizados, sino en la cumbre del mástil de sangre caliente, de lava, que perdió su equilibrio y entró en una erupción que no pude contener, que me obligó a lanzar un quejido, mientras los borbotones de materia ígnea se repartían por los montes y quebradas de mi piyama, por mis muslos y todavía más lejos, aplastando, pensaba yo, como en las películas, ciudades y civilizaciones de cartón piedra.

La luz del farol de la calle desapareció, así como desaparecieron las sombras y los reflejos en el techo. Después de no sé cuántos segundos abrí los ojos y me encontré con los de la Irene que me observaban desde la oscuridad, con una fijeza que quizás era de vaca, pero que habría podido ser de gato, o de yegua que mira por encima del alambrado lo que pasa en el potrero vecino. Ella entonces se levantó, resoplando, con una mancha oscura en un lado de la cara, con el delantal desarreglado, mientras yo me hundía en las sábanas y volvía a cerrar los ojos. Cuando me quedaba dormido, agobiado por un cansancio inmenso, alcancé a sentir que me pasaba una mano por la frente y que luego salía de la pieza en la punta de los pies.

En esos días llegó una nueva colección de tarjetas postales de mi madre, que se acordaba de todo el mundo menos de la Irene, cosa normal, puesto que sólo la había tomado una semana antes de salir de viaje; se acordaba hasta de Marquitos, a quien le tocaba un transatlántico entrando al puerto de Nueva York entre los remolcadores y la silueta imponente de los rascacielos. A mí me tocó una estatua de la Libertad vista de cerca, desde abajo: los pliegues del pecho y una enorme cara de concreto armado, con los ojos hueros. ¡Como si hubiera adivinado algo a distancia!

Una tarde llegué del colegio y en la mesita de la entrada, junto al paragüero de pata de elefante, única herencia de mi abuelo paterno, me encontré con una sorpresa. En vez de mandarme otra tarjeta, mi mamá me había escrito una verdadera carta: dos hojas de papel de cebolla cubiertas en todos los resquicios por su letra alargada y delgada, de patas de zancudo. En la carta hablaba de lo fantástico del progreso de Estados Unidos, de lo que nos echaba de menos, de un señor de la Compañía Sudamericana de Vapores que les había mostrado, a la Pelusa y a ella, todo Nueva York, ¡un señor tan dije!, y de un avión de madera de balsa para armar que me había comprado, con motor a bencina y todo; según el vendedor, era capaz de volar más de medio kilómetro si se lo construía bien; había que pedirle ayuda, escribía mi madre, a Marquitos Valverde, que era tan habilidoso para esas cosas.

Le conté a Marquitos y atravesamos la calle para comentar el tema con don Saturnino, el abogado loco. El consideró el asunto de un interés tal, que se sacó los tapones de cera de los oídos, que utilizaba para evitar los ruidos molestos y para no escuchar, sobre todo, las conversaciones de las mujeres de su casa, que habían llegado, según él, a los últimos extremos de la estupidez humana, y femenina, para ser más exacto (así decía), y declaró que habría que estudiar las instrucciones con sumo cuidado, sin tocar una sola pieza antes de haberlas comprendido a fondo. De lo contrario, corríamos el riesgo de que el avión, en su vuelo inaugural, cayera en picada y se hiciera polvo. ¡Zas! ¡Prraaf! Pero él tenía en su biblioteca un magnífico diccionario para traducir las instrucciones, que seguramente estarían salpicadas de terminachos técnicos. Se levantó de su poltrona de cuero negro capitoné, sacó el diccionario, que debía de pesar unos tres o cuatro kilos, y lo tiró sobre una mesa con un gesto espectacular. Un billete voló por el aire y el abogado loco, que desconfiaba de los bancos y guardaba sus honorarios entre las páginas de sus libros, lo agarró con toda tranquilidad y se lo metió al bolsillo. La única persona capaz de manejar ese diccionario, desde luego, era él y nada más que él. Si no le hacíamos caso en todo, sin chistar, sin pestañear, él no asumiría ni la más mínima responsabilidad: ¡que nos rascáramos con nuestras propias uñas! Después de ese preámbulo, enarcó las cejas de Mefistófeles y se rascó la barbilla pálida, sonriendo anticipadamente. Los vecinos empezaron a preguntarme desde esa misma tarde que cuándo llegaba mi mamá, la señora Luchita, con el avión. Los Papuses Ramírez, acostumbrados a deslumbrarnos con sus juguetes, con sus bicicletas, con sus mocasines de gamuza, estaban enfermos de envidia, y los Macacos Pérez me hacían bromas. Pasé de golpe a ser el tipo más importante de toda Bernarda Morín y sus alrededores.

A mi regreso del santuario del abogado loco, le pregunté, envalentonado, a la Irene: «¿Por qué no has ido a contarme cuentos?». La Irene me miró, tranquila, con sus facciones de vaca harmoniosa o de estatua de la Libertad, y continuó masticando un chicle que yo le había regalado y restregando unos calzoncillos sucios míos y de mi padre. Se pasó las manos por los antebrazos, para quitarse el jabón, y dejó que el agua fría corriera sobre su piel de color de arcilla pulida. «¿Qué hacía en la calle, niño?» «Todo el mundo me pregunta por el avión», dije. «Es el gran acontecimiento.» Ella caminó al patio con el atado de ropa mojada.

Mi hermana había partido al campo. Había terminado por hacerse íntima amiga de la Sabina Espronceda, sin que yo tuviera nada que ver con eso, y había partido a pasar las vacaciones de invierno en su fundo. Mi padre solía encerrarse en las tardes a leer los diarios en su dormitorio y a oír por la radio, a todo lo que daba, las noticias de la guerra, pero lo más frecuente era que se quedara a comer en el Club con sus amigos, a menos que fuera verdad lo de la chinoca. «Pintarrajeada», había contado Marquitos, «bocona, tetona, potona», y, cuando había notado que yo estaba en el grupo, se había puesto lacre. Pero si llegaba en las tardes, era fijo que mi padre se quedaba dormido con la puerta cerrada con llave, siempre tuvo la costumbre de encerrarse con llave, y con la radio puesta a toda fuerza. Había que echar la puerta abajo, casi, para que despertara y apagara la radio. Creo, por otro lado, que le remordía la conciencia de verme tan poco mientras mi mamá andaba de viaje; cada vez que me veía se metía la mano al bolsillo, con cara de resignación, y me regalaba cinco y hasta diez pesos. En una de esas ocasiones, se me ocurrió comprar cigarrillos y le propuse a la Irene que fumáramos. «No me gustan los niños viciosos», dijo la Irene, con un gesto despreciativo. Me fui entonces donde Marquitos. Al poco rato vomitaba hasta las tripas con la frente apoyada en el castaño, ante las carcajadas de Marquitos y de la cocinera de su casa, que me miraba desde la ventanilla de la cocina. Me sirvió una taza de té caliente y me sentí un poco mejor. El abogado loco, que había cruzado para conversar con Marquitos sobre el avión, se sacó los tapones de cera, «Me los pongo para no escuchar huevadas», explicó, rotundo, sin eludir el garabato, más bien, por el contrario, acentuándolo, y dijo que una gota de nicotina en la lengua era suficiente para matar a dos caballos. «Además», añadió, levantando su índice huesudo, larguísimo, tembloroso, «puedes quedarte enano. ¡Así es que cuidadito!»

Esa noche apagué la luz y seguí despierto, mirando las ramas, que no se movían porque no había nada de viento. La Irene empujó la puerta de mi pieza y entró con su delantal azul que se abotonaba por delante. Se sentó en la punta de la cama, con las manos en los bolsillos del delantal, y miró también el árbol de afuera.

—¿No quería que le contara un cuento?

—Sí —le dije—. Cuéntame uno.

—Es que ya se los conté todos —dijo ella.

Entonces miré a través de los botones estirados, entre los huecos de la tela azul, y vi que debajo no tenía nada.

—¿Qué mira?

Tragué saliva. El corazón me daba saltos, se me salía por la boca, y yo apenas podía hablar. La miré a los ojos con una cara que debió de haber sido de ansiedad o de trastorno, casi de locura. Después miré el techo, donde el reflejo de la luz de la calle, con la sombra ampliada de las ramas y de los pliegues de la cortina, estaba fijo.

—Se me acabaron los cuentos —repitió ella.

Me hundí en la cama y, con el pie, le toqué un muslo por debajo de la ropa para indicarle que se acercara, y al tiro retiré el pie. La Irene tuvo una sonrisa extraña, casi desagradable; sus labios se fruncieron y formaron una mueca.

—¿Tienes miedo? —preguntó, tuteándome.

—No —le dije, con la boca reseca—, acércate un poco.

—¿Qué quieres? —preguntó.

—Quiero verte —le dije.

En un segundo se había deslizado, sin cambiar de posición, y estaba al lado mío; los botones de su delantal, estirados al máximo, parecían a punto de reventar. Me tomó una mano con fuerza y la puso sobre su pecho.

—Déjame verte —le dije en voz muy baja. Apenas podía articular las palabras. La Irene, entonces, sonrió con mucha más confianza, con placidez, con los ojos perdidos en la oscuridad del fondo de la pieza, y comenzó a desabotonarse.

—¿Nunca habías visto a una mujer? —me preguntó al oído.

—Nunca —le dije, y era verdad. Sólo había visto a una mujer gorda, de piel blanca, llena de rollos, que se bañaba en calzones entre unas rocas, desnuda de la cintura para arriba, y no me había atrevido a parar la bicicleta para mirarla bien. La Irene se metió en la cama, que crujió como para despertar a todo el vecindario, y me revolvió la lengua adentro de una oreja. Después me tomó el sexo con la mayor decisión, como si fuera un objeto cualquiera, un juguete, echó para atrás las sábanas de un tirón, porque le incomodaban, y se montó encima, cobriza, inmensa, con sus hombros y sus brazos poderosos, sus pezones oscuros y los pechos y el vientre más blancos.

«¡Qué va a decir Marquitos!», alcancé a pensar, con una sonrisa babosa, antes de que se produjera la erupción, cuya lava, en lugar de repartirse por las colinas de los muslos y por los territorios vecinos, como la vez pasada, se quedó guardada dentro de la Irene, en un túnel hondo y bien abrigado.

El motor de mi avión ronroneaba, temblequeaba y lanzaba petardazos, mientras volábamos encima de un bosque de pinos, al ras de las copas, con miedo de que el motor no pudiera más y nos quedáramos atascados entre las ramas; después bajábamos a un potrero, volábamos a un metro del suelo; las vacas huían despavoridas, y Marquitos, en el asiento de atrás, se reía a carcajadas, pataleaba en el aire con sus piernas flacuchentas, y me gritaba ¡dale!, ¡persíguela!, lanzando aullidos de felicidad, mientras la vaca despavorida cagaba litros de bosta amarillenta, cuando la lengua de la Irene, que me hurgueteaba en el paladar, me despertó. Me pareció, ahora, a las dos de la madrugada, que su lengua era un poco hostigosa, que tenía un sabor malo, y que su cuerpo despedía también un poco de mal olor.

—Te voy a enseñar —dijo—, ¡chiquillo leso!

Me puso encima de ella y manoseó, forcejeó, hasta que metió mi aparato adentro del túnel, bien abrigado, eso sí. «¡Muévete!», ordenó. Y comenzó a quejarse, como si le doliera y al mismo tiempo le gustara mucho, con una especie de locura de amanecer, algo que no le habría podido pasar en horas normales. «¡Muévete!», me suplicó, mientras se movía con fuerza, resoplando, y yo miraba la rama seca en el círculo de la luz, pensando en lo extraño, en lo irreal de todo el asunto, en la cara de asombro que pondría Marquitos cuando le contara, o en la cara de pretendida indiferencia, de disimulada envidia, y empezaba a temer que se abriera la puerta y entrara mi padre atraído por el ruido, y, por muy contento que anduviera con su chinoca tetona, quizá qué escándalo armaría, porque parecía que el catre, con sus crujidos, iba a despertar al barrio entero, pero la erupción, la avenida torrencial desde los canales internos, secretos, era algo que no dependía de uno, como le explicaría después a Marquitos: los movimientos de la Irene la provocaban de una manera tan segura, que lo mejor era entregarse, relajarse, convertirse en planta.

—¿En planta?

—Sí —le dije a Marquitos—. La cosa te agarra desde aquí, desde el vértice de las orejas, hasta las puntas de los dedos de los pies, y te saca un quejido, aunque no quieras, y se te borra todo. Tú tratas de mirar un punto en el techo, el dibujo que hacen las sombras de las ramas del árbol de la calle, pero la cosa viene y todo se te borra, parece que tú mismo desaparecieras.

—Como cuando se te van las cabras —dijo Marquitos, que hablaba en tono confidencial y tenía los ojos muy abiertos.

—Mucho más que eso. ¡Mil veces más!

—¡Qué salvaje! —exclamó Marquitos.

Veo a mi madre mientras baja por la escalerilla del barco, cargada de paquetes, en un traje de sastre amarillo pálido y un sombrero a la última moda, seguida por Pelusa, que se enreda en la correa y molesta a todo el mundo con el perrito que se ha traído, un perrito de miniatura bautizado *Raf* en honor de la fuerza aérea inglesa, con ojos rojos, un punto negro y húmedo de nariz, y una expresión cómica, que implora que no se olviden de él en medio de todo ese tumulto.

La caja del avión sólo vino a salir en Santiago, al fondo del último baúl, cuando mi madre, mordiéndose un dedo, empezaba a tener miedo de haberla dejado tirada en alguna parte, pero no, estaba segura de haberla metido, y el *Raf,* que importunaba a todos los que asistían a la apertura de las maletas con el aleteo de la cola y la cara de pregunta, a mi padre, a la Lucinda, a la Pelusa, a Marquitos, a la Sabina Espronceda, que fingía ser locamente aficionada a los perros, se hizo pipí dos veces: una en la alfombra persa toda deshilachada del salón, junto a los zapatos flamantes de la Sabina, que se salvaron por un pelo, y otra encima de un mantel de cocina de todos colores, con una receta escrita en francés en grandes letras rojas. ¡Quiltro de porquería! Si la Pelusa no sale en su defensa desaparece de una patada. Mi padre, que se había tomado un par de tragos de un whisky que había comprado de contrabando en el barco, «¡Este sí que es auténtico!», decía, «¡éste sí que no es parafina!», y lo paladeaba, dándoselas de entendido, quiso hacerse el gracioso y estuvo a punto de romper una pieza del avión, pero Marquitos y yo saltamos y se la quitamos a tiempo. Las instrucciones venían en dos columnas paralelas, en inglés y en un castellano macarrónico. El abogado loco, que había asomado la cabeza desde la calle, con el tic que le comprometía la boca y un lado entero de la cara más acentuado que nunca, y que mi padre había invitado a probar el whisky, pero que sólo había querido, pese a la majadería de mi padre, una copa de agua Panimávida, insistió en que lo más sensato sería traducir las instrucciones del inglés con ayuda de su famoso diccionario, que era, según su opinión bien autorizada, el mejor del mundo en su género.

Cuando le fui a mostrar la caja del avión a la Irene en la cocina, la miró por encima del hombro y no dijo una palabra. Con la llegada de mi madre se había producido un trastorno completo: la casa había cambiado, y me pareció que la Irene también.

—¿Te gusta?

La Irene se encogió de hombros. La caja no le decía nada. Una vez que el avión estuviera armado, veríamos. «¡Claro que vas a ver!», le dije, pero salí de la cocina picado por su indiferencia, con un sentimiento de frustración, como si la excitación, la novedad, la euforia de esa tarde, que hasta ahí habían sido perfectas, se hubieran echado a perder por ese solo detalle.

Con extraordinaria abnegación y paciencia, que no mereció más que elogios de todo el barrio, tomado de sorpresa por esta actitud, el abogado loco, diccionario en mano y con los tapones de cera guardados en su cajita, dirigió desde una silla todos los trabajos de construcción del avión, que duraron cerca de cinco semanas. Cuando Marquitos o uno de nosotros iba a colocar mal una pieza, daba un grito de alerta en alemán, *Achtung!*, una palabra que le encantaba, y nosotros, debido a la enorme autoridad que había adquirido en esos días, nos deteníamos de inmediato. Si era necesario, levantábamos la pieza correspondiente o la parte del avión ya construida y la poníamos a la altura de sus ojos, o la hacíamos girar lentamente para que la examinara, a fin de que pudiera impartir las instrucciones sin moverse de la silla. Sus órdenes eran tajantes, precisas, y nosotros, que habíamos conocido su disciplina de carácter militar durante las excursiones a matar gatos, nos sometíamos como corderos. En la primera etapa de la construcción, Marquitos había querido hacer algo por su cuenta antes de que comenzara la sesión de trabajo colectivo y había metido la pata a fondo, circunstancia que fue aprovechada por el abogado loco para darnos una lección y consolidar su dominio. Con el sistema de sesiones periódicas inventado por él, en las que exigía una puntualidad rigurosa y una concentración absoluta, interrumpida por descansos de un cuarto de hora establecidos de antemano y controlados por reloj, el trabajo anduvo sobre ruedas. Una tarde terminamos de construir el fuselaje y dimos un grito de júbilo, pero don Saturnino, el abogado loco, furioso, ordenó silencio.

«Nunca hay que cantar victoria antes de tiempo», sentenció. «Uno de los peores defectos de este país de indios es que todo el mundo deja las cosas a medio hacer. ¿Comprendido?»

Bajamos la cabeza, mudos, y continuamos con nuestra tarea, que se desarrollaba en el centro de mi dormitorio, en el suelo de tablas, en horarios de la tarde en los días de semana y en las mañanas de los sábados y los domingos. Era un jueves, y para el día siguiente, viernes, el abogado loco dio instrucciones de que cada uno llevara una manzana. El apareció con un frasco gigante de Neurofosfato Eskay y le pidió a la Irene un surtido de cucharas soperas. Ibamos a saltarnos la cena, y cada hora, durante el descanso reglamentario, tendríamos que tomar una cucharada de neurofosfato y mojarnos la frente y la nuca con agua fría. A las cuatro de la madrugada, cuando apenas faltaban dos o tres detalles, dio por terminada la sesión.

«Ahora», dictaminó, «seis horas de sueño, y reunión mañana a las once en punto.»

Yo habría seguido hasta terminar, el neurofosfato me tenía como loro en el alambre, y creo que a Marquitos también, pero nadie tenía derecho a discutir esas decisiones. Me metí en la cama con los ojos clavados en el avión. ¡Era mi privilegio de propietario! El fuselaje de madera de balsa, las alas imponentes, la nariz de una redondez perfecta, las patas impecables, se perfilaban en la oscuridad, encima de las tablas enceradas.

«¡Ahora sí!», dijo el abogado loco, diez o quince minutos después de las doce del día sábado, y se puso de pie con solemnidad, pero sin poder disimular una sonrisa de triunfo. Nosotros, contagiados, nos levantamos del suelo y nos pusimos en círculo a cierta distancia del aeroplano, que ahora desplegaba sus alas al sol del mediodía, magnífico. Entonces, ante el asombro nuestro, el abogado loco sacó del bolsillo una bandera chilena con un hilo.

«¡Cúbranlo!», ordenó. «Ahora vamos a proceder a inaugurarlo.»

Le dio veinte pesos a Marquitos y le dijo que fuera a la esquina a comprar pasteles y horchata. «¿Has pensado en el nombre?» No se me había pasado por la mente, en realidad, que el aeroplano podría tener un nombre. «Me gustaría un nombre de la historia romana», dijo el abogado loco, que demostró haber reflexionado, él sí, sobre los detalles más mínimos. «Julio César», propuso, «o quizás Augusto.» Convinimos en que Julio César no estaba mal, y él, don Saturnino, murmuró que otros nombres, más actuales, se prestarían a discusiones o despertarían pasiones demasiado violentas. No entendimos bien qué quería insinuar con eso. O entendimos, y preferimos no entender. A mí, en mi calidad de dueño, me tocó descorrer lentamente la bandera, en medio del silencio de mis compañeros de construcción, Marquitos, su hermano menor Leónidas, y los otros, parte de la pandilla que se había formado en las matanzas de gatos, y todos se hallaban serios y en posición firme, aun cuando el abogado loco no se lo hubiera ordenado. Pero él estaba en posición firme, a pesar de sus años, y los demás tenían que seguirlo. Al final de la ceremonia todos aplaudieron, lanzaron bravos y vivas y me palmotearon en el hombro. En ese momento, don Saturnino, que se veía radiante de satisfacción, nos autorizó para celebrar la ocasión con la horchata y los pasteles.

«No lo vamos a bautizar con una botella de champaña, como a los buques», dijo, «porque lo haríamos papilla», y celebró su propia ocurrencia con una carcajada tremenda, que lo hizo estremecerse de la cabeza a los pies con movimientos convulsivos.

Cuando por fin se fueron, contemplé el avión largo rato y desde ángulos diferentes: desde la puerta de la pieza; parado en una silla, para verlo con mayor perspectiva; desde el suelo y con los ojos entrecerrados, para hacerme la ilusión de que era un avión de verdad; desde la ventana, para observarlo de nariz. También me tomé la licencia de levantarlo un poco, para mirarlo por debajo, y lo devolví a su sitio, en el centro de las tablas del piso. La Irene entró para retirar los vasos y las bandejas de cartón de los pasteles, donde no habíamos dejado. ni una sola miga.

—¿Qué te parece? —le pregunté.

Ella lo miró despacio, apática, como si hubiera recuperado en esos días, sin que yo me hubiera dado cuenta, todos sus modales de la llegada, los aires de los pueblos y sobre todo de los potreros sureños. «Está bonito», concluyó, pero se notó que lo había dicho por decir algo. Preferí no insistir. Se me pasó por la cabeza la idea de saltar sobre ella y pescotearla, manosearle las tetas, meterle la mano entre las piernas, pero sentí que habría resultado fuera de tiesto. Me habría podido llegar un buen cachuchazo. Aparte de que la presencia de mi mamá, aunque no estuviera en ese instante en la casa, excluía, sin que yo me hubiera parado a pensar sobre las verdaderas razones, esa posibilidad.

«Lo que pasa es que no es muy buena», comentó Marquitos a los dos o tres días: «Es medio vaca».

Dicho por Marquitos me molestó. «¡Pura envidia!», exclamé. «¿Envidia?» Marquitos se encogió de hombros. «Hay gente que se cree pucho», dijo, repitiendo una frase que le encantaba, «y no es ni colilla.» Contó que en el campo, en las tierras de unos parientes suyos del sur, se acercaban a las jóvenes campesinas, les hacían una zancadilla y se las pescaban en los mismos potreros, entre los trigales, dentro de las zanjas. En la vacación del invierno pasado en que estuvieron solos con un primo, se tiraron a las muchachas de servicio en las casas del fundo. ¡Una por una! «Al final te acostumbras tanto», dijo Marquitos, «que es lo mismo que tomar desayuno.» Me pareció asombroso que se llegara a esos extremos, pero sospechaba, a pesar de todo, que el relato de mis encuentros con la Irene llenaba a Marquitos de celos, de rabia, de lo que fuera. Decidí aprovechar la primera ocasión que se presentara para repetirme el plato. Había tardes en que ella se quedaba sola en la casa y en que yo, el tonto, también salía, como si de repente hubiera agarrado miedo a quedarme con ella.

«Pasemos a ver el avión», propuse, y Marquitos aceptó sin hacerse de rogar. La Irene debía de estar sola, justamente, de manera que al invitar a Marquitos contradecía mi propósito de hacía un par de minutos, pero no había podido resistir al deseo de invitarlo. La existencia del avión creaba situaciones nuevas. Cambiaba la atmósfera. Ponía en el segundo piso de la casa un no sé qué, una magia. Los rayos de sol que entraban por las ventanas eran distintos, y hasta los techos parecía que se levantaban y se ponían en contacto con las estrellas.

Cuando entramos a la casa no se escuchaba un solo ruido. La Irene debía de estar encerrada en su cuarto, detrás de la cocina. Era la décima o la vigésima vez que subíamos con Marquitos a mirar el avión. Ya había desfilado casi todo el barrio por mi pieza, desde los Papuses Ramírez, que habían declarado que se encargarían otro igual, o todavía más grande, hasta el hijo flaco y ojeroso del vendedor de automóviles usados, que conocíamos como el Pajero, y lo habían hecho con exclamaciones de admiración, o en respetuoso silencio, o con una mueca venenosa y disimulada, pero perceptible, de envidia. Hasta la Pelusa, el domingo al mediodía, antes de salir con mi madre a un almuerzo, había dejado su perrito de porquería en la puerta y había entrado a mirar, dejando la pieza pasada al perfume que había traído de Nueva York. «¡Lindo!», había dicho, con una palabra que no cuadraba, como si se hubiera tratado de un reloj pulsera o de un vestido de novia. Entretanto, el abogado loco se quemaba las pestañas estudiando las instrucciones y se preocupaba de los detalles del día del vuelo inaugural, que tendría tanta solemnidad como la tarde en que se había descorrido la bandera. Después de la construcción, la misión de Marquitos y mía había consistido en encontrar un espacio despejado a la salida de Santiago donde pudiera realizarse el vuelo en debida forma. Ya teníamos visto el sitio, más allá del terminal de la línea de micros a Macul, en un potrero enorme, y el abogado loco, después de un interrogatorio a fondo sobre las condiciones del terreno, la movilización hasta el lugar, las poblaciones vecinas, etcétera, etcétera, había dado su aprobación. «Lo que pasa», dijo después Marquitos, «es que de loco no tiene nada», y yo me manifesté de acuerdo con esta idea. El vuelo del *Julio César* se llevaría a efecto en las primeras horas de la mañana del sábado, no antes, porque se necesitaba aire puro, nervios despejados, y que la ciudad estuviera sumida en una relativa calma, «con el menor número posible», afirmó el abogado, sacudiendo la cabeza con su tic habitual, «de rotos intrusos y depredadores». Como él se levantaba a la hora de las gallinas, se sacó los tapones de los oídos con un gesto amplio, imponente, con un brillo extraordinario en la mirada, y dio la orden de movilización general para las seis de la madrugada en punto.

Subimos, pues, hasta la pieza, abrimos la puerta, y al comienzo no pude creer en lo que veían mis propios ojos. Tuve que restregármelos. Después miré a Marquitos, para saber si los ojos suyos percibían el mismo inverosímil, inaudito desastre. «¡La Irene!», aullé, con una voz que de repente se me había puesto ronca. «¡Qué yegua!», vociferó Marquitos. «¡Qué bestia!» Bajamos la escalera a saltos. Ella no estaba en la cocina; tampoco en el repostero; ni en el patio, atravesado por hileras de ropa colgada. Me abrí camino entre la ropa, golpeándome la cara con los paños todavía húmedos, y traté de abrir la puerta de su pieza, pero ella, ¡la bestia!, se había encerrado con llave.

Gritamos y golpeamos la puerta con toda la fuerza de nuestros puños, insultando a la Irene con los peores garabatos que conocíamos, ¡yegua desgraciada!, ¡puta de mierda!, ¡abre, huevona conchas de tu madre!, insultos que me dejaban un sabor áspero, pero que no podía dejar de proferir, de vomitar, como si me hubiera vuelto loco de remate, y pateamos la puerta hasta que nos cansamos. Marquitos, entonces, que estaba pálido, exaltado, como si pudiera venirle un ataque, me susurró un plan al oído, con palabras entrecortadas: traeríamos desde la calle un arsenal de piedras y abriríamos fuego graneado a través de la ventanilla alta, que ella había dejado abierta de par en par. Yo recogí piedras con la misma sensación de disgusto, casi de repugnancia, como si me hubiera convertido en víctima de Marquitos, pero cómo no castigar, pensaba, a esa vaca. A los pocos segundos de haber iniciado el apedreo, la Irene, roja, desmelenada, con un escobillón en las manos tumefactas, apareció, tremebunda, en el umbral de su habitación. «¡Mocosos huevones!», gritó, con voz bronca, empleando una grosería que nunca le habíamos escuchado. «¡Mierdas! ¡Atrévanse, no más, conmigo!» Su figura desorbitada, descompuesta, resuelta a molernos a palos, a atravesarnos con un cuchillo de cocina, si seguíamos, nos heló la sangre. Nos quedamos con el brazo derecho estirado, con las piedras apretadas en la mano, mientras ella, con un ademán que no admitía la menor duda sobre su decisión de rompernos la cabeza, blandía el escobillón en las alturas. Al ver que nos habíamos quedado callados, lelos, cerró la puerta despacio y oímos que la llave daba vuelta en la cerradura con una lentitud que parecía burlarse de nosotros.

Resultó que el accidente del *Julio César,* casual o premeditado, y las opiniones del barrio se dividieron de inmediato respecto a este punto, con ignorancia, sin duda, de las complicaciones personales que entraban en juego, había sido fatal. El ancho pie de la Irene Bravo Catrileo (después supimos que era hija de un campesino del interior de Parral y de una mapuche), con su pesadez vacuna, había aplastado el nudo vital del fuselaje, dejando la delicada estructura de madera de balsa, en toda la medida del zapatón desfondado y medio rotoso, convertida en oblea. Las tablillas eran tan frágiles, y la pisada tan rotunda, tan devastadora, que el fuselaje del avión, en esa parte, había quedado al nivel del suelo, de modo que la nariz y la cola se habían separado y habían llegado a levantarse. «Es un caso de imprudencia culposa, de negligencia típicamente araucana», dictaminó el abogado, que al comienzo tampoco lo había creído, y que tuvo que atravesar la calle, seguido por muchos miembros de la pandilla, porque la noticia ya había corrido por el barrio, y subir hasta mi pieza para convencerse, «pero en ningún caso, me parece, dolosa, y como no existe el cuasidelito de daños en la especie, o carece de sanción, lo cual equivale a la no existencia para todos los efectos legales y penales, sólo cabe la vulgar indemnización de perjuicios, inútil en el caso de autos debido a la carencia de pecunia de la causante de los destrozos y presunta demandada.» Nos quedamos boquiabiertos, pero la amarga conclusión era que el fabuloso aeroplano, el *Julio César*, que había desplegado sus alas míticas en la oscuridad de mi dormitorio durante dos o tres noches, estaba irremisiblemente perdido. Sentí un nuevo ímpetu de venganza.

—¿Sabes lo que nos dijo? —le conté a mi madre—. Nos trató de mocosos huevones. De mierdas. ¡Textual!

—¡China grosera! —exclamó mi mamá—. ¡Se va inmediatamente de esta casa! —y bajó a despedirla, indignada. Sentimos gritos en el patio y escuchamos que mi madre, con una rabia que pocas veces le había visto, pocas veces o ninguna, le ordenaba: «¡No me contestes, china insolente!».

El abogado loco me palmoteó la espalda: «En la vida hay que acostumbrarse a todo», dijo. «No te desanimes.» Yo ya estaba grande, había perdido la virginidad y hasta la ingenuidad, al fin y al cabo, en aquellos brazos robustos, pero la vista del avión aplastado medio a medio, herido de muerte, cuando ya el griterío y el escándalo de la casa se habían calmado, me obligaba a hacer un esfuerzo para retener las lágrimas. Lo que más rabia me dio es que la Lucinda llegó esa tarde, vio el avión hecho tira y no halló nada mejor, la muy imbécil, que soltar la risa. «¡Tanto prepararse, para esto!», decía, riéndose. A ella le habían traído un regalo de menor precio, una raqueta de tenis común y corriente, y supongo que sintió que el destino, de la mano de la Irene, o de su pie, mejor dicho, o de su zapatón, la había vengado. Escuché que marcaba un número y que le contaba todo por teléfono, con lujo de detalles, a la Sabina Espronceda, pero no pude captar la reacción de ella. Aunque la Irene hubiera caído en desgracia, aunque ahora le tocara volver al punto oscuro de donde había salido, no por eso el recuerdo de la Espronceda había resucitado de sus cenizas. El cuerpo voluminoso, de arcilla bien pulida, con sus pechugas grandes, que cuando cayó el delantal azul habían mostrado unos pezones como manchas oscuras, con sus muslos monumentales, había borrado aquellas pálidas formas anteriores sin dejar ninguna huella.

Tres o cuatro días más tarde estaba en el jardincito de la entrada, solo y aburrido, cuando vi salir a la Irene de abrigo, con un canasto y una maleta grande, ordinaria, amarrada con dos cordeles para que no reventara: una de esas maletas que se veían en los terminales de los buses al sur y en las estaciones de ferrocarril, frente a los carros de tercera. Nos miramos, y ella, después de un rato, me dijo: «Adiós, niño». Me asomé por encima de la reja y la vi caminar hasta la esquina, dejar la maleta en el suelo para descansar, y después volver a tomarla para cruzar la calle en camino al paradero de micros. Ahora pienso que habría podido ayudarla con sus bultos, pero entonces todavía era un mocoso estúpido, un perfecto monstruito, y ni se me ocurrió. Al llegar al paradero, dejó en el suelo la maleta y el canasto y volvió a mirar. Yo levanté la mano, en un gesto inconcluso de despedida, en un acceso de pena, a punto de hacer pucheros, y eso fue todo. Si Marquitos me hubiera sorprendido en ese momento, se habría dedicado a sacarme roncha, pero por suerte el barrio estaba tranquilo, casi desierto.

Mi mamá y la Pelusa llegaron en la tarde contando a gritos que los japoneses habían atacado a los norteamericanos en Pearl Harbor. La radio no hablaba de otra cosa y todo el mundo en el centro, de donde venían ellas, no hacía más que comentar las noticias que iban llegando de Estados Unidos. Algunos decían que nosotros también íbamos a declararle la guerra al Japón, para ayudar a los yanquis, pero en qué podíamos ayudar nosotros, pobres ratas, con el *Almirante Latorre,* que la aviación japonesa haría volar en dos minutos, y con un par de submarinos del año veinte, ¡si se sumergían, más que seguro que se quedaban abajo! Mi mamá y sobre todo la Pelusa, que a cada rato después de su viaje sacaba expresiones en inglés, tenían un entusiasmo delirante por Franklin Delano Roosevelt. «A mí me carga», dijo la Lucinda, que probablemente había sacado esto de la casa de su Sabina Espronceda, donde todos eran partidarios de Hitler y del general Franco. «Lo encuentro medio comunista.» Mi madre y la Pelusa la hicieron callar a gritos. Dijeron que era genial, el hombre más interesante y más poderoso de la tierra, a pesar de su parálisis infantil y todo, pero no entendían que se hubiera casado con un diablo tan feo, ¿cómo te explicas tú? Mi padre, partidario frenético de los aliados, dijo que los yanquis harían desaparecer a Japón debajo del mar. Al fin y al cabo, no era más que una isla miserable, mientras que Estados Unidos era un continente, con un progreso que no se había visto nunca en la historia de la humanidad, y nos dominaba a todos nosotros con el dedo chico. Yo conté que la Irene se había ido un poco después de la una de la tarde y nadie me hizo el menor caso. «Y pensar que me aplastó el avión con la pata», dije, pero todos seguían con el tema de la guerra. Mi padre explicaba que los yanquis, seguramente, habían colocado puros barcos viejos en Pearl Harbor, pura chatarra, para que sirvieran de cebo a los japoneses. Concluyó que había sido la operación militar más astuta de la época contemporánea. El abogado loco, en cambio, anunció desde la vereda, a través de las ventanas abiertas, que la flota norteamericana estaba destruida, que la superioridad de los japoneses en el océano Pacífico sería aplastante, tan aplastante como la de los alemanes en el Atlántico y el Mediterráneo. «¡Vaya a contarle cuentos a su abuela!», replicó mi padre, indignado, y el abogado loco, gesticulando como un energúmeno, con la melena gris desparramada sobre los hombros llenos de caspa, nos dio la espalda y cruzó de nuevo la calle. En la casa del abogado loco se improvisó una reunión en la que participamos todos; me refiero a los constructores del avión y al grupo de los que salían, con él a la cabeza y con Marquitos de lugarteniente, a exterminar los gatos del barrio. «Los yanquis son unos estúpidos. Han creado la civilización más estúpida en los anales de la humanidad, y cuando no son estúpidos es porque son judíos», decretó él, que siempre nos dejaba perplejos con sus salidas. «Ojalá que los aviadores japoneses echen unas cuantas toneladas de bombas sobre Nueva York y limpien toda esa porquería.» Cuando se disolvió la tertulia, fuimos a buscar el fuselaje roto del *Julio César* y lo llevamos al jardín de la casa de Marquitos. Dejamos el motor aparte, porque alguna vez podía servir para algo, y todavía aparece, perfectamente inservible, cuando abro por cualquier motivo ese cajón de mi cómoda. Armamos un encatrado de cartones y papeles de diario, con el avión en la punta, lo rociamos con parafina y le prendimos fuego. Esa noche todo estaba permitido; nadie, con las noticias del ataque a Pearl Harbor, se resignaba a dormir. No le hablé una palabra a Marquitos de la partida de la Irene y de mi casi despedida, de mis emociones enredadas, de los sentimientos contradictorios que me había provocado. ¡Que todavía no se me quitaban! Las llamas se elevaron tres o cuatro metros de altura, arrojando chispas que volaban por los aires, que se balanceaban y corrían empujadas por el viento y amenazaban con incendiar el barrio, y todos bailamos y saltamos alrededor de la fogata, lanzando alaridos de pieles rojas como en las películas, yo con más fuerza, con más locura que nadie.

París, enero de 1972
Calafell, mayo de 1992
Santiago, septiembre-octubre de 1992

Creaciones imperfectas

El doble siempre es inquietante. La posibilidad de que un cuerpo no sea enteramente humano, de que tenga partes ortopédicas o mecánicas, también lo es. Lo inquietante en la literatura, para citar un célebre ensayo de Sigmund Freud, es lo no familiar, lo Unheimlich. *Llegué a imaginar esta historia de dobles a partir de una experiencia real, de una cita frustrada y de un momento de espejismos visuales. Esto ocurrió en un café madrileño lleno de bullicio y de humo, bajo la pantalla de un televisor que transmitía un campeonato mundial de fútbol, ya no sé si el último o el penúltimo. Conservé con relativa fidelidad, con algo de la sumisión del cronista, ese punto de partida. El encargo de un editor insistente, que me pedía que escribiera un cuento erótico, y el proceso mismo de la escritura, lo que el viejo don Alberto Blest Gana llamaba la manía de escribir, hicieron el resto. Respeté más, en definitiva, la autonomía de los personajes que las peticiones del editor. Eso explica la limitación del relato, su erotismo más bien diluido, y también, quizá, su salud. Nótese que hemos pasado de la Rinconada de Cato de los años treinta y de la plaza Bernarda Morín de los cuarenta a los trepidantes escenarios de la España del final de este siglo. Son las ventajas con que puede contar el escritor más que maduro, relativamente vagabundo y que todavía no se resigna, como le ocurre a su personaje masculino, a recogerse a cuarteles de invierno.*

La última relectura del texto (julio de 1992) me sugiere la idea siguiente: la obsesión por alcanzar a la mujer deseada puede ser tan excesiva, tan insoportable, que si uno por fin la alcanza cree que ha alcanzado a otra persona. En buenas cuentas, la mujer deseada sería imposible por definición. *Si se la posee,* ya *es otra por el solo hecho de poseerla.*

—Somos creaciones imperfectas —te dije—. Estamos hechos de barro.

—Vosotros —respondiste— los hombres. Nosotras, en cambio, venimos de la costilla de Adán.

Yo miré tus hombros más bien robustos, tu pecho espléndidamente formado, tu bella garganta, con desvergüenza. Los whiskies cargados, y lo avanzado de la hora, y el calor de la noche de pleno verano, invitaban a mirarte en esa forma. Y tú respondías con una expresión provocativa, una expresión que sólo tuviste esa noche y que después reapareció en la otra persona. ¿Era un golem tuyo, esa otra, una reproducción imperfecta, enfermiza, o un ser dotado de vida propia? Las circunstancias, a veces, me llevan a pensar en esta posibilidad, y otras veces la contradicen, la desmienten.

Me diste tu teléfono y dije que a mi regreso, sin falta, te llamaría. Después, como te había visto comprometida con un catalán delgado, de ojos saltones y bigotito, una especie de crítico estructuralista, y como tenía una necesidad imperiosa de dormir, me despedí. Tú me acompañaste hasta el ascensor. Ahí, oculta del estructuralista y de los otros, que habían salido al balcón para contemplar el amanecer sobre los techos y las cúpulas del Madrid de los Austrias, te dejaste besar en la boca, riéndote un poco, oponiendo una resistencia mínima.

—¿Por qué no tomas tus cosas —te dije—, que están ahí junto a la puerta, y vienes conmigo?

—¡Imposible! —contestaste, categórica, a pesar de que no considerabas imposible, ahora, que mis manos subieran desde tu cintura, con decisión, y se acercaran a tus pechos desde los costados, sin mayor disimulo. Te mordisqueé los labios y tú, entonces, separándome con las palmas, me empujaste dentro de esa caja ínfima donde apenas podían caber dos personas. Ahora calculo que desde ese instante preciso, a partir de esa despedida prometedora y engañosa, desapareciste, o reapareciste con un guiño, desde atrás de tu máscara, y me hiciste algunas bromas pesadas. ¿O no eran bromas, no eran juegos?

—Ahora no puedo —dijiste a mi regreso de Barcelona, un día domingo al anochecer—, estoy extenuada y mañana tengo que salir temprano a una de mis entrevistas. Llámame en tu próximo viaje. Me encantará verte cuando pases por Madrid de nuevo.

—¿De veras?

—¡De veras! —exclamaste, saboreando la expresión, que te pareció probablemente anacrónica, o americana, vaya uno a saber.

—¿Quieres que nos veamos cuando venga por aquí el próximo año?

—De todos modos —dijiste—, no dejes de llamarme.

—Un año es mucho —insistí.

—¡Un año no es nada! —replicaste, riéndote, y recordé que esa noche, entre muchas otras cosas, habíamos hablado de tangos argentinos.

Llegué al hotel de siempre, en la primavera del año siguiente, un sábado al mediodía, con el cansancio de las dieciséis o dieciocho horas de viaje a cuestas. Abrí el cerrojo de la maleta con una llavecita que me temblaba, saqué la libreta de tapas negras (todavía no conocía tu número de memoria) y llamé. La ciudad me había recibido con un vientecillo todavía fresco y con nubarrones que avanzaban y oscurecían mi balcón en forma intermitente.

—Llámame mañana —dijiste—, pero tarde, y podemos salir a comer juntos.

—¿Qué llamas tarde?

—La una y media. O las dos. Quiero dormir todo lo que pueda.

Estuve dividido entre el miedo a despertarte y el de que salieras antes de recibir mi llamado. Sabía que eras incapaz de quedarte tranquila en tu cuarto durante más de cinco minutos. Opté por una hora intermedia, la una y cuarenta y cinco, y esperé un rato paseando por mi habitación como un león enjaulado, a fin de que no pudieras adivinar uno de mis defectos principales, la precisión maniática. Hubo una espera más bien larga, un clic, una explosión de música completamente inaudita, digna de un concierto de rock *heavy,* y después una voz, la voz tuya en una versión cantarina, ligeramente delirante, diciendo que no estabas en ese momento y que dejara el mensaje («puedes dejar tu mensaje»), esto es, el de cualquiera) después de escuchar la señal.

No estabas, en realidad. Insistí a horas cuidadosamente calculadas, en apariencia casuales, y comprobé que efectivamente no estabas, al menos para los que marcaron esa tarde tu número de teléfono.

«Christine disparue», me dije melancólico, proustiano y melancólico, y resolví almorzar solo, dormir una larga siesta y comunicar esa tarde a tres o cuatro personas, por contestador automático interpuesto si era necesario, que ya había llegado. Mi sueño de una siesta en compañía tuya, en esa misma cama de hotel, me pareció, desde la perspectiva del tercer llamado sin respuesta, candorosamente ingenuo. «Ya es hora de retirarse», pensé, «de ingresar a cuarteles de invierno.» Calculo que el ataque de-

presivo duró cuatro días enteros, alrededor de cien horas, y eso que tengo fama de no ser particularmente proclive a las depresiones.

Tú llamaste el jueves a las dos, en el minuto en que salía disparado al Café Gijón a juntarme con un par de amigos.

—Es que partí a Lisboa —dijiste—, y no tuve tiempo de avisarte.

Me habías contado, esa primera noche, hacía ya alrededor de un año, que la ciudad de Lisboa te fascinaba. Lisboa, pensé. ¿Y cómo no sabías, cuando hablamos el sábado y te comprometiste para el domingo, que al día siguiente ibas a viajar a Lisboa? Pero si eras capaz de colocar un fondo de rock *heavy,* con suma destreza técnica, en tu contestador automático, eras capaz de salir sin aviso previo, con un bolso colgado al hombro, a Lisboa, a Nairobi, a cualquier lugar del globo terrestre.

—¿Y?

—Veámonos el viernes a las diez de la noche. ¿Dónde nos encontramos?

—Aquí hay un café que no está mal. El Ghirardelli. En Tutor esquina Buen Suceso.

Me gustaba esa conjunción de nombres, unida a la extravagancia de un sonido italiano, y ella dijo que el lugar parecía excelente, que no estaba demasiado lejos de su casa.

—¿No se te ocurrirá irte a Lisboa en el último minuto?

—No —dijo ella—, ¡te lo juro!

El viernes en la noche me sucedió algo extraño, algo que suele sucederme, supongo que por masoquismo, en las situaciones más esperadas y más deseadas: me atrasé casi diez minutos en llegar a la cita. Mejor dicho: llegué a mi hotel a las diez menos un minuto, después de atravesar Madrid en taxi, en medio de un tráfico de los quintos infiernos. Me asomé al Ghirardelli, vi que todavía no estabas, y corrí a mi habitación a refrescarme y cambiarme de camisa. Cuando volví a bajar el minutero del reloj avanzaba a los nueve minutos después de la hora. «Tengo derecho, al fin y al cabo», me dije, «a hacerme esperar un poco.» Y lo más probable, lo que parecía más seguro, era que no hubieras llegado todavía. El Café Ghirardelli, que no tiene nada de muy particular pero que resulta acogedor y en alguna medida estratégico, estaba en el punto culminante de toda la semana. Había que empinarse por encima de las cabezas, de los bultos humanos, de mujeres enjoyadas, perfumadas, envueltas en sedas, para conseguir un whisky con soda o una modesta caña de cerveza. En la televisión repetían y comentaban hasta la saciedad jugadas del Mundial de Fútbol. Advertí que en la mesa de un rincón, en uno de los pocos ángulos de todo el café que no permitían mirar la pantalla, había una mujer delgada, joven, de pelo oscuro y de rostro aguileño extremadamente parecido al tuyo, al recuerdo que yo tenía del tuyo después de todos esos meses, pero mucho más demacrado y ojeroso de lo que yo recordaba, y de pechos y hombros iguales a los tuyos.

«¿Eres o no eres tú?», me pregunté, sintiendo que mi corazón se había puesto a latir con más fuerza, con algo muy parecido a la angustia. Observé entonces que la joven del rincón, que me había visto de reojo y no había hecho el menor amago de reconocerme, tenía un vientre más bien abultado, como si estuviera embarazada de seis, en camino a los siete meses, y se vestía con un overol azul piedra, un *mono,* como dicen los españoles, bastante suelto, prenda que suelen utilizar las muchachas embarazadas muy modernas, o posmodernas si es por eso. Junto a su asiento tenía, ¿tenías?, una gran bolsa plástica de El Corte Inglés, y daba la impresión de que había sacado uno que otro objeto de adentro de la bolsa, al azar, y los había desplegado encima de la mesa: un libro, un folleto cualquiera, un par de lápices, un carrete de tela adhesiva, una caja pequeña que podía contener botones, o maquillaje, o alguna medicina.

«No es ella», pensé cuando ya había avanzado algunos pasos, al amparo de la apretura y del bullicio, y en ese preciso momento me miró con atención, con desacostumbrada intensidad, ligeramente agresiva, y se encogió de hombros. Me acerqué, entonces, algo intimidado, sintiéndome estúpido.

—¿No eres Cristina Montero?

—No —respondió ella mirando para otra parte, irritada, y yo retrocedí, temo que ruborizado, y me incrusté en otro lado, en lo más denso del gentío, a esperarte y a paladear con lentitud, sin alegría, mi whisky con soda.

El minutero del reloj de la pared llegó a la media hora de tu atraso y yo, que ya había comenzado mi segundo whisky, inicié un nuevo acercamiento a la mujer de la mesa del rincón. Al fin y al cabo, te había visto una sola vez en la vida, y no dejaba de ser un poco extraño que me dejaras plantado por segunda vez y que la mujer del rincón, tan parecida a ti, estuviera sola, como si a ella también la hubieran dejado plantada. Podía suceder perfectamente que te hubieras quedado esperando un hijo, en Lisboa o en otra parte, y que te hubieras deprimido, y que mi vacilación, al encontrarte después de tantos meses, te hubiera irritado y humillado, y que por eso me ignoraras, que por eso me hicieras la desconocida, como decimos nosotros. ¡Aunque me hubieras dado esa cita! De modo que inicié ese otro acercamiento, pero me detuve a mitad de camino, frente a la entrevista que le hacían en la pantalla a un jugador de la selección italiana, porque me pareció evidente, de toda evidencia, que no eras tú. No tenía el menor sentido que siguieras ahí sola, y que en los veinte minutos transcurridos te hubieras puesto más demacrada todavía, más mal agestada, y que tu mesa se hubiera cubierto de un número mucho mayor de objetos heterogéneos, y que al lado de la bolsa de El Corte Inglés hubiera aparecido un par de zapatos viejos, de tacón alto, salvo que tú eras la mujer más adecuada del mundo para usar tacones altos y no, desde luego, la del mono azul. Pues bien, estaba a punto de dar media vuelta y retirarme, derrotado, comprobando que me habías dado el segundo plantón en tan pocos días, cuando la joven demacrada levantó la cabeza, me miró fijamente con la cara enmarcada por sus cabellos oscuros y lacios, e indicó con un gesto enérgico el piso al lado suyo, como diciendo: ¡hasta cuándo te paseas por este café como un alma en pena, hasta cuándo vacilas!

Acudí, entre encantado y asombrado, me senté en el piso de felpa y le dije:

—Lo que pasa es que la memoria es traicionera. Y de repente sentí una duda. Pensé que no eras tú. Porque tú eres Cristina Montero, ¿no es verdad?

La mujer del rincón movió la cabeza.

—No soy —dijo.

—¿No haces entrevistas políticas para una agencia de prensa?

—Me gustaría mucho.

—¿Y qué haces, entonces? ¿Esperas a alguien?

—Sí —respondió—. ¿Y tú?

—Yo también. Y creí que ese alguien eras tú, ¿comprendes? Porque sólo la vi una noche de fiesta, hace alrededor de un año... ¿Estás segura de que no eres tú?

Mi mal agestada interlocutora estuvo a punto de sonreír. Estuvo cerca, en los límites de una sonrisa. Si eras tú, eres decididamente muy terca, muy dura de cabeza.

—¿De dónde vienes? —preguntó (¿preguntaste?).

—De Chile —dije—, soy chileno.

Ella me clavó una mirada amarillenta, sañuda. Tenía pechos muy hermosos, exactos a lo que yo recordaba de los tuyos, salvo que el embarazo más que incipiente se los había hinchado en exceso. Estuve a punto de invitarla a beber una copa, pero pensé que si tú llegabas con retraso sería incómodo, además de absurdo. ¿Cómo explicarte que te había confundido con la otra, y que la otra todavía no conseguía sacarme de la confusión?

«Adiós», dije, y la otra no respondió. Colocó los objetos que estaban desplegados sobre la mesa, además del par de zapatos, en la bolsa, y pidió la cuenta de la taza de café con leche que había consumido. Y como tú no llegaste, me quedé intrigado, perplejo, con una profunda duda.

Te llamé el domingo en la mañana, decidido a no aceptar una tercera cita, pero diciéndome que no había motivo para no dar curso a mi más que natural curiosidad. «¿Eras tú la mujer de anoche?», dije después de escuchar la señal, con el asombro renovado por los montajes musicales que te habías dado el trabajo de preparar, «¿o no eras? Me quedé tan perplejo que creo que voy a escribir un relato del género fantástico.»

El teléfono sonó ese domingo al anochecer, mientras yo miraba, razonablemente aburrido, uno de los partidos del Mundial de Fútbol, y me diste una explicación bastante confusa, sin recoger para nada la historia de tu doble, tu probable golem, ni mi propósito de escribirla. Creías que la calle del Tutor estaba en el otro extremo de Madrid, y cuando habías comprendido tu error ya era demasiado tarde. ¿Y ahora? Ahora tenías que terminar un trabajo, y si lo terminabas a tiempo llamarías o, simplemente, aparecerías. ¡Sin compromiso! Porque en realidad estábamos muy cerca, a diez minutos de caminata.

Yo tenía que viajar a Barcelona a la mañana siguiente, a primera hora, y decidí que sólo esperaría hasta las doce de la noche, ordenando mis papeles, preparando mi maleta, y que en seguida tomaría una píldora para dormir. Bajé al café a cenar algo, sin inquietarme por tu llamado más que hipotético, bebí un par de vasos de vino y tomé mi píldora. Cuando aterricé en mi cama, pasada la medianoche, estaba perfectamente *groggy*.

El timbre, una doble nota musical, debía de haber sonado varias veces, con lo que adiviné como una insistencia tranquila: férrea, pero tranquila. Bajé de la cama tambaleándome y me puse, de prisa, los pantalones del piyama. Me los puse con tanta prisa y con tanta torpeza que estuve a punto de enredarme y caerme al suelo. Abrí la puerta, desgreñado, y tú, al otro lado, alta, de vestido largo, sonreías. Tu vestido de color lila, sacerdotal, tenía un escote profundo, oculto a medias por un chaleco de lana negra, y llevabas un gran bolso de cuero colgado de un hombro, bolso que podía cumplir, pensé, las funciones de la bolsa plástica de El Corte Inglés, pero en versión elegante.

«¿Quieres que te pida algo para beber?», te pregunté, y dijiste que no querías nada y que siguiera durmiendo, si quería, puesto que tenía tanto sueño. Sólo habías venido a hacerme una breve visita, porque deseabas verme un rato, ¡aunque fuera dormido! Me parece que insististe en que me metiera de nuevo en la cama, y yo me metí de un salto debajo de una delgada sábana —ya había empezado el calor en Madrid— y me saqué, de acuerdo con mi costumbre, los pantalones del piyama.

—¿En serio que no quieres nada? —balbuceé, borracho de sueño.

—Nada —dijiste, sentándote a mis pies. Depositaste el bolso en el suelo, te sacaste el chaleco de lana, y comprobé que no llevabas sostenes y que los tirantes delgados de tu vestido dejaban en evidencia tus pechos magníficos, de pezones puntiagudos.

—¿De dónde vienes? —pregunté, con la lengua estropajosa.

Lo que me parece recordar, después, es que te habías

subido la falda larga, dejando al desnudo tus piernas blancas, fuertes, que hacían un contraste maravilloso con el terciopelo lila, y recuerdo, incluso, ¿o estoy equivocado?, que también estabas sin calzones, sin bragas, que probablemente las llevabas dentro del bolso, y que se alcanzaba a distinguir en la penumbra el vello espeso, negro, de tu pubis. Después estabas sentada encima mío, con el frondoso terciopelo de la falda recogido hasta las caderas, y hasta el día de hoy no estoy seguro de que hayamos hecho el amor: no te lo he preguntado, no hemos hablado de esa noche, y de pronto me parece que tenía una erección intensa y que tú te quejabas, o la celebrabas, o ambas cosas, y de pronto estaba lacio y el peso de tu cuerpo me producía un dolor agudo en el pene y en los testículos, y de pronto tu dedo índice, armado de una uña de acero pintada de un lila más rojo que el de tu vestido, hurgaba y en seguida penetraba de golpe, sin la menor consideración, en mi ano, provocándome un alarido, y yo, en mi modorra, temía que todo el inefable aparthotel, con su clientela de tenderos catalanes, de ingleses de profesión indefinida, de estudiantones norteamericanos, despertara.

Volvía a quedarme dormido, ya no sé en qué momento, y de pronto, con menos somnolencia que al principio, con cierta brusquedad, abrí los ojos: en la cama no habías dejado la menor huella, pero la mujer del mono azul, con el bolso de cuero, eso sí, colgándole del hombro como si lo hubiera utilizado para trasladar sus mudas de ropa, me contemplaba desde la oscuridad de la salita vecina, con su mirada obstinada, extrañamente pasiva, su rostro demacrado y los pelos lacios y caídos que me habían llamado la atención un par de noches antes, pelos iguales a los tuyos pero desprovistos de vigor y de cuidado.

—¿Cómo pudiste encontrar mi habitación? —le pregunté.

—¡Muy fácil! —respondió ella con su voz desganada y a la vez profunda—. No son tantos los chilenos que llegan hasta estos lados.

—Pero, ¿por qué viniste?

—Estaba tomándome una copa, abajo, como el otro día. ¿Te ha parecido mal que subiera?

—¿Y el vestido largo, de color lila?

Creí que la mujer, dentro de su fijeza hierática, inquietante, esbozaba una sonrisa, pero la penumbra, en esa parte de la sala del lado, era bastante densa.

—¿Qué vestido de color lila? —me preguntó, y yo, sacando el torso de entre las sábanas, le grité que se fuera, que no me jorobara más, que me dejara dormir tranquilo.

—Mañana, es decir hoy día, tengo que viajar a primera hora.

Me pareció que la mujer hacía un gesto curioso, un gesto de una dulzura que hasta entonces no había mostrado, antes de disolverse en la sombra.

En la mañana, mientras tomaba mi desayuno a la carrera, encontré un pendiente de fantasía incrustado en una de las esquinas del sofá. Me recordó de algún modo el zapato de la Cenicienta. Me lo eché al bolsillo y me dije: «A ver si encuentro algún día el otro pendiente».

Mis ocupaciones me retuvieron en Barcelona alrededor de cinco semanas: tenía que entregar un manuscrito más bien grueso y necesitaba hacer la última revisión, que resultó, como suele ocurrir, más complicada de lo que había presupuestado. Viajé de ahí a San Sebastián para cumplir un compromiso con la Universidad del País Vasco. Mi trabajo y mis amistades de Barcelona me habían hecho olvidarme los episodios de Madrid, esos encuentros y desencuentros, esos fantasmas que se materializaban (y viceversa), pero en mi primera noche de San Sebastián, en una desangelada habitación de hotel a la norteamericana, frente a un paisaje de canteras y edificios modernos levantados en el vacío, no se me ocurrió nada mejor que volver a marcar tu número de teléfono.

«Estoy en San Sebastián, en el Hotel Costa Vasca», le recité a tu contestador, cantando el número de teléfono y el de la habitación, «y después de tres días pienso alquilar un coche y seguir viaje.» Tragando saliva te pregunté, o le pregunté al contestador, para ser más exacto, si no te gustaría juntarte conmigo en un pueblo que he visitado tres o cuatro veces y donde tengo algunos amigos de confianza. El pueblo de X, digamos. La pregunta fue hecha con inconsciencia, con cierta característica imprecisión, como si no captara el peligro que encierran las palabras, a pesar de que mi profesión consiste justamente en utilizarlas, en hacerlas efectivas. Llamé después a mi aparthotel del barrio madrileño de Argüelles, pregunté si había recibido algún llamado —alguien había preguntado por mí el día anterior, pero sin dar su nombre, y ya no recordaban si era hombre o mujer—, y dejé dicho mi paradero.

A Peruco Olaechea, un viejo amigo que pasaba sus vacaciones en el Norte, le pedí que me reservara una habitación de hotel. «Con cama matrimonial en lo posible, por si las moscas», precisé, riéndome, pero cuando nos encontramos en La Morba, un conjunto de cuatro casas, un galpón en desuso y un restaurante, junto a una ría poblada de patos, de pájaros silvestres, de peces plateados que saltaban a la superficie, Peruco, que es un verdadero *gentleman* del norte de España, un *gentleman* coleccionista de libros de pintura del siglo XIX y de cuadros de pequeños maestros, me dijo:

—No encontré una sola habitación de hotel porque esta semana se celebran las fiestas del pueblo. Pero no tiene ningún sentido que te vayas a un hotel cuando la casa de mis padres, con sus doce o quince habitaciones, está desocupada. Eso sí, los cuidadores son bastante a la antigua y pueden llevarle cuentos a mi madre, que es una señora muy católica, y vasca, por añadidura. ¡Ya sabes lo que significa eso! Sería mejor, quizá, que les presentes a tu amiga de Madrid como tu mujer legítima...

—No sé si vendrá en son conyugal —respondí—. Es una persona más bien caprichosa...

Peruco se encogió de hombros, como si la tarea de tranquilizar a los cuidadores no fuera, al fin y al cabo, tan importante, y yo, después de un contundente almuerzo —alubias rojas de Tolosa, merluza a la plancha, vino tinto de Rioja—, me encontré durmiendo la siesta en una habitación de muros altísimos, decorada en tonos amarillo pastel, entre cortinajes, armarios de sólida madera, estatuillas piadosas y litografías bucólicas, en la esquina de un caserón de dos pisos, rodeado de macizos de hortensias, extensos prados y árboles añosos, y donde las maderas crujían ligeramente, rozadas por fantasmas etéreos.

Creo que soñé contigo, que levantabas el índice derecho, perentoria, y me advertías de algo; contigo y tus golems, porque la mujer de piel demacrada se bajaba los tirantes del overol y después se sacaba del vientre una de esas almohadillas que sirven en el teatro para que las actrices simulen el embarazo. Yo tenía miedo, en el sueño, de que se sacara otras cosas —la nariz, una pierna—, de que se desatornillara un antebrazo y lo colocara encima de la cómoda, junto a la figura de la Virgen del Perpetuo Socorro. Porque estaba durmiendo en una sacristía, y de repente iban a llegar unos curas y me iban a enjuiciar.

Esa noche regresé de cenar con Peruco y otros amigos, abrí el portón principal después de algunos forcejeos, empujé la segunda puerta, una mampara de cristales empavonados, y el teléfono, en la mesilla de al lado de la escala, estaba sonando.

—Hablas con la mamá de Cristina —dijo una voz bastante parecida a la tuya, ¡otro de tus dobles!—. Me pidió que te avisara que llega mañana a Santander en el tren nocturno de Madrid. Que la esperes en el café de la estación a las ocho de la mañana.

—¡A las ocho de la mañana! Desde aquí hay casi dos horas de viaje.

—Bueno... Supongo que Cristina podrá esperar un poco en ese café.

Encontré ese café maldito con tres cuartos de hora de retraso, después de haber volado por las subidas y bajadas del camino, que atravesaba lomajes verdes y suaves, salpicados de peñascos blanquecinos, y de haberme perdido varias veces en el barrio del puerto de Santander, entre grúas, *containers* apilados y almacenes marítimos. Todo el sector de la estación estaba desierto, como si nadie tuviera la loca idea de acudir a esos recintos en una mañana de fiesta, y tú, en la mesa del final del local angosto y alargado, fumabas muy tranquila junto a la taza de café con leche y revisabas tres o cuatro periódicos. Tenías el bolso de cuero a tu lado, el de la noche de Madrid, inconfundible, entre papeles de diario en desorden, y otro bolso más, uno de lona rojiza, de excursionista, en el suelo. Tus largas y bellas piernas se veían ceñidas por un pantalón ajustado, negro, de tela tosca, rematado en ornamentados zapatos de tacos filudos, y encima de un complicado cinturón, una verdadera rueda cabalística, te habías puesto una blusa sencilla sin mangas, de un gris indefinido, que podías cubrir con una chaqueta a rayas verticales negras y granates que estaba tirada más allá del bolso. Es decir, te habías instalado en esa mesa con el mismo estilo que la mujer del mono azul en la del Ghirardelli, y se te notaba, como a ella, un poco pálida, debido, supongo, al cansancio del viaje, pero con el vientre liso, sin el menor síntoma de embarazo.

Te besé en la boca, te dije que habías llegado muy guapa, y tú reaccionaste con un mohín de niña de familia, como diciendo: «¡Cuidado, no te aproveches!».

En el camino me contaste algunos detalles del viaje en tren y del verano en Madrid, en que las temperaturas habían llegado a ser centroafricanas, y miraste el paisaje de la costa del Cantábrico, que declaraste ya conocer, con indiferencia. Cuando abrí la reja del parque y entramos a la gran casa, guardaste silencio y tu mirada se volvió un poco más atenta. Bajaste del Fiat Uno y contemplaste las terrazas del primer piso, con sus barandas de hierro labrado.

«Espérame», te dije, «voy a entrar y te voy a abrir por la puerta del jardín.»

Caminé desde la puerta principal, por la penumbra de la planta baja, entre los muebles viejos, más bien pesados, y las desteñidas fotografías de familia donde Peruco, en los rincones de los grupos familiares, miraba desde diversas etapas de su adolescencia o de su juventud, con las rodillas levantadas y la cabeza ladeada y hundida entre los hombros, los ojos más bien huidizos, y vi que caminabas por el parque, encantada, saboreando el voluptuoso comienzo de una sensación de dominio. Ya eran cerca de las doce del día y la gente, que había invadido el pueblo de X con avidez gozadora y consumidora, pasaba por las afueras del parque, enterraba la nariz entre las rejas y te devoraba con la vista, y me imaginé que respirabas esa admiración por cada uno de tus poros, con un placer intenso, de algún modo inédito para ti.

Te sonreí, como diciendo: «No está mal, ¿no es verdad?», y tú preguntaste, simulando indiferencia, pero simulándola de una manera escasamente convincente:

—Y todo esto, ¿qué es?

Hice un rápido resumen de la relación de Peruco Olaechea con esa casa y con esa región, y subí a mostrarte lo que pensaba que sería nuestro dormitorio: el de las colchas y los cortinajes amarillo pastel que, aparte de las figurillas religiosas y del idealismo pastoril de las litografías, tenía una cama de matrimonio magnífica, una vasta embarcación muelle, de hilo y plumas, en la que habríamos podido enterrarnos para atravesar la noche cantábrica. Tú diste tres pasos, miraste con desdén mis cosas, escasas y torpemente ordenadas, y saliste a recorrer las habitaciones vecinas. En la de enfrente, separada de la mía por una pequeña sala de estar y un corredor, y que ocupaba la otra esquina de la fachada que daba al parque, habitación más sobria, de tonos oliváceos, y donde había dos camas individuales, tiraste el bolso de cuero y el de tela anaranjada, que no habías permitido que te llevara —¿como si llevarlo fuera un acto machista, como si fuera impropio de mi edad?—, a la primera de las camas.

—Yo voy a dormir aquí —sentenciaste.

—Duerme donde quieras —dije con frialdad, con no pocas ganas de estrangularte—. En esta casa tienes bastante donde elegir.

Llegamos hasta la playa, a pie, porque deseabas reconocer el pueblo, que habías conocido en alguna ocasión anterior (aun cuando tu recuerdo, en verdad, me parecía excesivamente confuso), y nos sentamos en la mesa de un café al aire libre a comer unos calamares y unos excelentes buñuelos de bacalao, y a beber unas cañas de cerveza. Habías anunciado, sin ninguna necesidad, que bebías muy poco, pero te zampaste tres cañas al hilo, con sed digna de mejor causa, y después explicaste que aunque bebías tan poco tenías debilidad por la cerveza, explicación que no podía ser más innecesaria. Al regreso, cuando nos encontramos de nuevo en el parque, junto a las hortensias que rodeaban los muros, te tomé por los hombros y traté de besarte, pero te zafaste con energía, como si tuvieras las ideas muy claras con respecto a esos asuntos. Después, ya en el salón, entre la profusión de muebles, mesas, lámparas de aspecto colonial, repetí, pensando que quizá, dado tu espíritu contradictorio, había que actuar en esa forma, el intento.

«¡Señor escritor!», dijiste, «usted empieza a preocuparme.»

En vista de eso opté por tomarme un whisky y subir a dormir un poco, aunque fuera en la soledad de la habitación de tonos amarillos. Si habías resuelto venir a pasar el fin de semana conmigo y mantenerte casta, era mucho mejor que no me hiciera mala sangre. Disfrutemos de la compañía, me dije, y no nos obsesionemos por los ejercicios de la cama, que suelen volverse monótonos. Repetí para mí mismo, además, un conocido lugar común: el objeto erótico no alcanzado es el único que mantiene su misterio, su atractivo profundo, mientras la satisfacción de los deseos, la consumación de los actos carnales, no pasa de ser una perfecta vulgaridad.

«¿Quieres un poco?», te dije, mostrándote mi vaso, y como habías declarado que no bebías casi nada me sorprendió que respondieras que sí, que también querías. «Tres cervezas», murmuré, «y ahora un whisky. ¡Qué sucedería si le gustara la bebida!», y te serví una dosis respetable, como para tenerte ocupada un rato. Te habías tendido en un diván Segundo Imperio, entre una maceta de porcelana verde y los ventanales que rodeaban un amplio sector saliente del salón. Bebiste un sorbo y me miraste a los ojos, provocativa. Yo me hice el cálculo, que resultó perfectamente erróneo, de que los rechazos anteriores sólo formaban parte de un juego tuyo. Me senté a tu lado, a la orilla del diván, te besé en las mejillas, y cuando trataba de entreabrir los labios tuyos con la presión de los míos y de mi lengua, una de las patas del diván, carcomida por las termitas, se desplomó con estrépito y me dejó sentado en el suelo, con los pelos desordenados y con cara de susto.

—¡Ve usted, señor escritor! Va a destruir el mobiliario de los padres de su amigo.

—A propósito —dije, sacudiéndome la ropa—, él me explicó que los cuidadores son gente muy a la antigua, y me pidió que te presentara como mi señora...

Me miraste de soslayo, no supe si con burla o con desagrado, porque de inmediato te pusiste de pie y arreglaste la pata del diván.

—Este diván —afirmaste con énfasis—, era sólo para una persona, ¿comprendes?

Yo dije que comprendía, que sí comprendía. Volviste a tenderte, de manos cruzadas, como figura yacente, y retrocedí unos pasos. Separaste entonces una mano y tomaste el vaso de whisky sin mirarlo, mirándome, más bien, de un modo que nuevamente me pareció provocativo. No supe si me invitabas o no me invitabas a acercarme. El caso es que no me acerqué. Subí a mi habitación, dejé la puerta entreabierta, me desnudé, me hundí en el nicho cálido de las sábanas pálidamente amarillas, y esperé que subieras a tu vez y entraras, pero sin el menor resultado. Calculé que dormitabas en el diván, de manos cruzadas encima del pecho, como reina o como santa difunta, satisfecha del escenario que te arrullaba en tu descanso. A lo mejor soñabas que eras una reina portuguesa. ¡Dichoso sueño! Yo me resigné a cerrar los ojos en la oscuridad y a tratar de dormir un rato.

Cenamos con un grupo de amistades de Peruco, un grupo quejumbroso que no se resignaba a que el ruido y el gentío de los veranos de España hubieran llegado hasta ese lugar recóndito, y nos separamos frente a las rejas del parque mientras ellos anunciaban, bostezando, que estaban agotados, que partían a descansar.

Ellos vivían en casas de las afueras, situadas a prudente distancia de la plaza de X, y Peruco nos recomendó que durmiéramos en alguno de los dormitorios de la planta baja, lo más lejos posible del ruido.

—¿Habéis visto a los cuidadores?

Yo dije que no, pero tú, con vivacidad, contaste que habías estado con la señora Brígida (ya sabías su nombre) en la tarde, mientras yo dormía siesta.

—Es muy simpática —agregaste (tratando de caer simpática)—, nos hemos entendido a la perfección.

Peruco sonrió. Encontrar simpática a la señora Brígida, que tenía cara de bulldog de malas pulgas, era un exceso de amabilidad, sin duda, un deseo de congraciarse, pero mejor así.

—Además —añadiste—, le dije que nosotros —señalándome a mí— somos muy buenos amigos, y le hice notar que dormimos en habitaciones separadas.

Peruco volvió a sonreír, esta vez con una pizca de ironía, y yo lo miré, señalándote con el rabillo del ojo, y me encogí de hombros. Creo que disimulaba mi decepción, mi disgusto, mi desconcierto, con notable torpeza. Tú tomaste el llavero, abriste la cerradura mañosa sin la menor dificultad, te despediste con un par de besos de Peruco y entraste al vestíbulo con tranco firme, con aires que me parecieron señoriales.

—Estoy cansada —declaraste, a pesar de que no demostrabas el más mínimo cansancio—. Subo a dormir.

—¡Cansada! ¿No dormiste toda la tarde en el diván?

—No dormí ni una sola pestañada. Y esa noche en tren fue una tremenda paliza. ¡Qué te has creído!

Entraste al repostero, te serviste un taco de whisky puro, una dosis para sargentos de milicias, demostrativa de que el desajuste entre tus palabras y tus acciones era grande (y por lo tanto esperanzadora para mí), y subiste a tu habitación de color nicotina. Creí escuchar que corrías el pestillo de la puerta.

«¡Puta de mierda!», exclamé, y me habría encantado que me oyeras. «¡Puta de mierda!» Llegué a la conclusión de que las putas pertenecen a dos categorías: las que se acuestan con uno a la primera y las que no se acuestan nunca (con lo cual, según mi teoría de ese instante, no dejaban de ser putas). Las inexplicablemente fáciles, categoría que prefiero lejos, y las inexplicablemente difíciles. Después me dije: ¿por qué me enojo? Si sólo la conocí una noche, y me dediqué a invitarla y a cortejarla sin mayores antecedentes, ella está en su derecho. «Estás en todo tu derecho.» Yo, por mi parte, voy a leer un rato, voy a tomar una taza de café bien cargado, quizá con una copa de coñac, y voy a salir a dar una vuelta. Y si me encuentro a una robusta moza de pueblo, con olor a ajo y a bosta de vaca, o una alemana madura y gordota, pero con buenas piernas, me la traigo a la pieza amarilla, o a cualquiera de las de la planta baja... ¡Aunque rompa el mobiliario!

Me preparé el café y bebí un poco de coñac. En la planta baja, a un costado de la sala rodeada de ventanales, había una biblioteca pequeña, en mal estado, en desuso. Abrí las ventanas de cristal, que crujían y despedían olor a papel, y saqué un volumen empastado en color humo y que sólo decía en el lomo: *Jovellanos*. Leí unas reflexiones que no dejaban de ser interesantes sobre la incuria de los agricultores españoles. Me imaginé las tierras del Mayorazgo de X, llenas de campesinos testarudos, y a los señorones del Norte, con sus madres católicas, tratando en vano de convertirse en europeos ilustrados. Se notaba, entretanto, que la gente se había acumulado en la plaza, y había un ruido infernal, un ruido de los mil demonios: una orquesta electrónica rasgaba los aires, marcando el ritmo con un tam-tam que conmovía los cimientos mismos de la tierra, y el tiovivo, que habíamos visto esa mañana en reposo, llamaba ahora a los clientes con una sirena lastimera, aguda, que perforaba los tímpanos y que perduraba, que no se apagaba nunca. Era un cambio cualitativo de las circunstancias, sin duda, pero no convenía que ese cambio me indujera a quedarme y a tratar de forzar tu puerta, descontrolado. Ya había roto la pata del diván, con eso bastaba y sobraba. Había que dejarte tranquila, encerrada en tu impenetrable hemisferio, y vivir por cuenta propia.

Subí a buscar un poco de dinero, a lavarme los dientes, y comprobé que tu puerta, al frente de la mía, estaba perfectamente bloqueada. Debajo había un hilo tenue de luz y, no sé por qué, supuse que te barnizabas las uñas o que te mirabas de frente y de perfil en el espejo del ropero, ante la presencia muda de san Pancracio, de san Ignacio de Loyola, de alguna Virgen con el Niño, porque en la habitación tuya, más amplia, había todavía más figuras religiosas que en la mía.

«Adiós, Cristina», dije, y te mandé con la punta de los dedos un beso más bien melancólico.

En el café del costado de la plaza bebí el más juvenil y el menos recomendable de los tragos, un *pelotazo:* vodka de la Alcoholera de Cataluña combinado con Schweppes de naranja. Repetí la dosis en el café del lado, mirando desde dentro, a través de un ventanuco, las contorsiones desaforadas de un guitarrista y cantante de rock frente al micrófono, en la tarima que ocupaba el centro de la plaza. Cuando el joven cantante saludó con su melena de plumero, toda la concurrencia estalló en una ovación estruendosa. Dos turistas rubias, generosamente escotadas, probablemente norteamericanas, gritaron a mi lado y aplaudieron, borrachas y felices. Después captaron mi expresión interesada y la mayor, regordeta y fea, de aspecto más bien grosero, exclamó «¡Salud!», con un acento detestable, y los tres chocamos nuestros vasos. Me pasó por la mente la idea de invitarles a un pelotazo, pero desistí. La noche estaba joven y era peligroso comprometerse en forma equivocada. Lo que sabía, eso sí, era que la puerta bloqueada frente a la mía, tu habitación clausurada, me transmitía unas energías insólitas, una verdadera sed de venganza.

«¡Adiós!», les dije a las gringas, *«good bye, bye bye»*, y me interné entre la multitud excitada, abriéndome camino a codazos. Parejas adolescentes y grupos de jóvenes rufianes, armados de botellas de cerveza de dos litros, daban vueltas en los corceles de colores del tiovivo. La orquesta se había puesto a tocar otra vez, pero sin solista, en lo que parecía una desorbitada competencia de decibeles. Al otro lado de la tarima principal, en una más pequeña, un joven rechoncho, sudoroso, impávido, de camiseta ceñida al cuerpo y pantalones cortos, apretaba y movía botones y palancas en una máquina, y producía toda clase de efectos electrónicos. Una mujer flacucha, que movía los hombros huesudos con singulares bríos, había avanzado hasta el micrófono y se desgañitaba cantando. Yo sentía que el castellano era una lengua muy poco apropiada para cualquier tipo de rock, adaptable a formas musicales mestizas o criollas, a la salsa o al tango, pero no a las derivaciones industriales del jazz norteamericano. Para escapar, entré a una taberna y pedí un café solo y un vodka con hielo.

Ya meditaba sobre la posibilidad de retirarme a dormir, o por lo menos a descansar unas horas, como si el café y el vodka sin naranja, unidos a la agresión del ruido, me hubieran puesto más sobrio, cuando divisé en medio de la multitud, y el corazón me empezó a dar brincos descontrolados, a la mujer del overol azul piedra, tu golem.

«¡No puede ser!», exclamé. Dejé un billete encima del mesón, salí disparado y la sujeté del brazo con fuerza. Al mirarla de cerca comprobé de inmediato, desconcertado, que no eras tú, que sus ojos, más oscuros, más impenetrables, y sus gestos, más extraños, un tanto enfermizos, no tenían nada que ver con los tuyos.

—¿Qué haces aquí? —le pregunté, y ella, desprendiendo su brazo con brusquedad, respondió:

—Lo mismo te digo.

—Yo estoy con una mujer que es idéntica, en algunos aspectos, a ti, y que en otros es completamente diferente.

—La Cristina esa... ¿Cristina cuánto?

—¡Ah! Te acuerdas...

—Por supuesto. Te conocí cuando buscabas a esa Cristina. ¿Y cómo que no estás con ella?

—Buena pregunta —le dije.

—¿Cuál es la respuesta?

—Que una vez que la tengo encerrada, salgo a buscarte a ti.

Ella se rió y me mostró a unos sujetos poco agraciados que la acompañaban y me miraban con cara de pocos amigos.

—Parecen recién salidos de un reformatorio —le dije, envalentonado por los vodkas, y ella volvió a reírse.

—¿No quieres venir a conocer mi casa? —le pregunté—. Estoy instalado en una mansión muy bonita, rodeada de un parque estupendo.

—¿Con ellos?

—¡Sin ellos!

Observé que le faltaba la mitad de un diente en la mandíbula superior, detalle que antes no había notado, y que tenía un surco bastante hondo encima de la boca, en la mejilla izquierda, pero que la piel de sus hombros y de su pecho se conservaba muy bien, y que se encontraba en el quinto o sexto mes de embarazo, por lo menos, salvo que tuviera una panza francamente anormal.

—Es que hemos viajado juntos hasta Santander, y de ahí hemos venido a mirar estas fiestas.

—Como quieras —le dije, haciendo ademán de retirarme, porque los sujetos me parecían peligrosos, y comprendí que invitarla era una grave imprudencia de mi parte, casi un acto de locura.

Caminé algunos metros y ella se aferró de mi brazo.

—¿Y tus amigos?

—Nos encontraremos más tarde. O seguirán por su cuenta. Somos personas independientes.

Cuando cruzamos la puerta de rejas y nos encontramos en el parque, ella, menos orgullosa que tú, lanzó una exclamación muy madrileña: ¡jolines!, o algo por el estilo.

—¿Y todo esto es tuyo?

—¡No! —le dije—. Es de los padres de un amigo. Tienes que ser muy discreta, porque los cuidadores viven cerca.

—Y la Cristina esa...

—¡Que se embrome!

Se rió con alegría, yo diría que con inocencia, y su cara demacrada adquirió una expresión infantil, curiosamente tranquilizadora. A pesar del contraste entre su aspecto —llevaba el mismo overol desteñido— y el lugar, no demostraba, después de la exclamación del principio, mayor interés por explorarlo. Agarramos la botella de whisky a medio vaciar que estaba en la mesa y subimos a mis aposentos privados. Tu puerta estaba entreabierta, y encima de mi almohada había un papel que decía, con caligrafía modosa: «No te alarmes. No podía dormir a causa del ruido y salí a dar una vuelta».

—A lo mejor encuentra compañía —murmuré.

—Y eso, ¿te da celos?

Sonreí, sin amenidad, y me serví un vaso de whisky puro.

—¡Bien! —dijo la mujer del overol azul—. ¿Vamos a hacer el amor?

—Si se puede —respondí, con la ironía tristona de la edad.

—¡Claro que se puede! —dijo ella, ¿dijiste?, y me agarró los genitales por encima del pantalón, sin el menor recato y a la vez con una especie de ternura.

—¿No le tienes miedo al SIDA?

—Yo estoy sana —respondió ella—, y me cuido bastante —y añadió, interpretando, por lo demás con justeza, un gesto mío—: con esos amigos que viste en la plaza no me meto ni a tiros. Sólo son compañeros de viaje, *fellow travellers,* como decíamos en el Partido.

—¿Y eso? —pregunté, señalando su vientre.

—¿Esto? —Se acarició con suavidad—. Esto es artificial. Ya verás. Me lo pongo para que no me molesten.

Tenía motivos de sobra para estar aterrorizado, pero los alcoholes ingeridos me colocaban en una actitud entre inconsciente y suicida. Me sentía inclinado a creer en la mujer del overol, a confiar en ella. Sabía que esa inclinación podía ser fatal, pero, a pesar de todo, se imponía y relegaba todos mis temores a un segundo plano.

Ella me preguntó, me preguntaste, si quería ducharme primero, con lo cual entendí que eras partidaria de la higiene antes del acto sexual, y te dije que ocuparas no más la ducha, yo me ducharía en el baño de la desaparecida.

Cuando regresé te habías puesto una sábana a modo de túnica y liabas, minuciosa, sentada en una silla junto a la mesa de tocador, un porro. Fumamos un rato, tú sentada, yo de pie, y después colocaste el porro en un cenicero, sacaste mi falo del calzoncillo, sin hacer preguntas, le diste unos golpecitos con los dedos, unos ligeros azotes, y empezaste a practicar una *fellatio* con la más clásica de las experiencias. La puerta permanecía abierta, y comenté: «Si llegara Cristina en este momento, ¿qué diría?».

Tú, ya que no podías contestarme, levantaste las cejas. De repente vi que la almohadilla que simulaba tu embarazo estaba tirada en un rincón. Mi miedo se avivó, pero ya no había escapatoria posible. Eras una experta en todos los preparativos del amor, dueña de una pericia alarmante, y cuando cerramos la puerta, por fin, y nos metimos en la enorme cama, entre las sábanas suavemente amarillas, me sentía como los gladiadores romanos en el momento de entrar a la arena. ¡Los que van a morir te saludan! Valía la pena, por lo demás. Tenías, sin overol, sin almohadilla, sin sábana, un cuerpo precioso, deslumbrante. Eras una pantera blanca, marmórea. Si me clavabas los colmillos en el cuello y no me soltabas, sería una muerte bella, mejor que cualquier otra. Me pareció oír los pasos de Cristina en la pieza del lado, pero no habría podido asegurarlo. Yo ya había empezado a desangrarme de una manera deliciosa.

Desperté a media mañana, cuando el bullicio infernal de la fiesta se había transformado en un silencio casi misterioso, y no había nadie en la habitación, pero la almohadilla del embarazo simulado seguía tirada en el suelo. Empujé la puerta entreabierta de la habitación tuya y estabas sentada en la cama, con las rodillas recogidas. Tenías una camisa de dormir corta, de raso verdoso, que mostraba tus piernas con generosidad. Se parecían notablemente a las de la mujer del overol, pero eran un poco más gruesas y más rosadas, más sanas, menos pálidas.

—¿Cómo has dormido? —preguntaste.

—Muy bien.

—Yo, después de dar un paseo por el pueblo, conseguí dormir un poco. Muy poco.

—Hacer el amor ayuda a dormir —dije.

—¿Tú crees?

—¡Estoy seguro!

Capté que el pequeño intercambio de palabras no te había caído bien. Saltaste de la cama y paseaste en camisa por la habitación, descalza. Tus pechos firmes se marcaban en el tejido sedoso de color verde agua. Entraste al cuarto de baño, sin cerrar la puerta, y sentí que te habías metido en la ducha. «Eres una provocadora del

104

carajo», pensé, «una calientapollas. Podrías aprender de tu doble del mono azul.»

Entré al baño a mi vez, sin pedir permiso, y contemplé detenidamente, con verdadera fruición, la sombra que se dibujaba detrás de la cortina. Sacaste un brazo y parte de un pecho, venustos, mojados, y retiraste la sábana de baño que colgaba del muro. Al abrir la cortina, estabas enteramente cubierta por la sábana. «¡Bah!», exclamé, «y yo que quería verte desnuda.»

No dijiste nada. Te colocaste frente al óvalo del espejo de cuerpo entero y empezaste a secarte. Cuando consideraste, supongo, que ya estabas seca, dejaste caer la sábana al suelo. Te miraste en el espejo con atención distante, como si miraras a otra persona. Yo di un paso. «¡No te acerques!», ordenaste, con voz que silbaba.

Di un segundo paso, un tercero, y agarraste un pesado frasco de sales de baño y me lo disparaste a la cabeza con inusitada furia. Alcancé a sentir el viento junto a mi sien izquierda, con fuerza mortífera. El frasco chocó contra la pared, cayó al suelo y reventó en mil pedazos, con estrépito horroroso. «¡Estás completamente loca!», te grité, con un gesto de súplica, y tú vociferaste: «¡Andate de aquí, imbécil!», y me tiraste un pesado vaso de vidrio, una escobilla de pelo, un jabón, todo lo que encontraste a mano. Me pareció que echabas espumarajos por la boca y que tu cuerpo de un blanco rosáceo, soberbio, se había encogido, se había puesto lívido, se había llenado de aristas huesudas. Sentí que te estremecías, entre el estertor de tu ira y el llanto, y salí rápidamente de tu baño y de la habitación, un poco tembloroso.

«Habrá», me decía, «que recoger esos vidrios, y a los cuidadores no explicarles nada. Ya le diré algo a Peruco, y le anunciaré que a partir de ahora, avergonzado de mí, he decidido retirarme de las pistas.»

Te dejé un papel, el mismo que me habías colocado

en la almohada esa noche, para avisarte que hacia las cinco y media deberíamos partir hacia el aeropuerto, y salí a caminar por el pueblo. Estaba nervioso, angustiado, y tenía la sensación de que el temblor de todo mi cuerpo no se me iba a quitar nunca. «¡Qué loca insensata!», murmuraba, hablando solo, y veía las chispas, las llamas que saltaban de tus pupilas. «Esta es una parte del Eterno Femenino», pensaba después, «una parte que a veces olvidamos», y sonreía, o me reía solo, ante la sorpresa de algunos caminantes.

Almorcé algo en el rincón oscuro de una taberna, porque no quería estar expuesto al sol y rodeado de turistas chillones y tragones, y después caminé por un sendero que llevaba hasta la cumbre de una colina. La visión del mar, en la distancia, me tranquilizó, aun cuando la idea del frasco de cristal roto y del estrépito terrible, en pleno santuario de los padres de mi amigo, me tenía amargado.

Llegué a la casa cerca de las cinco de la tarde, y tú conversabas animadamente, feliz de la vida, con la señora Brígida, la cuidadora, que regaba las plantas y me saludó con la mejor de sus sonrisas. La habías conquistado en forma total, no cabía ninguna duda, y la rotura de un frasco de sales de baño era una bicoca sin la menor importancia.

Estuviste todo el camino moviendo el dial de la radio del Fiat Uno, pasando de un ruido a otro, sin dirigirme la palabra, y en el avión a Madrid sólo algunos monosílabos. Pero después, en Barajas, anunciaste que me ibas a acompañar a los trámites ante los mesones de Lan Chile.

—¿Para qué? ¿Para estar segura de que me voy?

—¡Tonto! —dijiste, y me diste una palmada cariñosa en la cara.

Te parecías, de repente, a la otra, y yo, haciendo un

gesto de no entender, de no entender a tu entero y enigmático sexo, me dejé acompañar por ti con docilidad, y
hasta permití que empujaras el carro del equipaje a lo
largo de interminables corredores.

Cuando ya me dieron mi tarjeta de embarque, te pregunté si tenías dinero para el taxi de regreso a Madrid.
No tenías ni un puto duro, como habría podido decir
un madrileño, y te pasé dos billetes de mil pesetas. Hice
además, entonces, de acompañarte hasta el paradero.

—Todavía tengo un poco de tiempo —dijiste—; mis padres me esperan a cenar entre las diez y las diez y media
de la noche.

—Si te hubieran visto tus padres —murmuré—, en cue-
ros y decidida a destruir la casa de la ilustre familia de
Olaechea.

Bebí un whisky con soda en una de las cafeterías del
aeropuerto, en una silla incomodísima, bajo una luz de
sala de tortura, y tú tomaste un café con leche pálido,
más o menos repugnante.

—¿Vas a llamarme cuando vuelvas a Madrid?

Yo te miré perplejo, como si me formulara, en mi
fuero interno, idéntica pregunta. Me conocía, y sabía que
era capaz de conmoverme, y hasta de reincidir.

—¡Contesta!

—Supongo que sí —te dije, casi resignado.

Entonces sonreíste, satisfecha, discretamente triunfa-
dora, y declaraste que la mansión de X te había encantado, y que los amigos de Peruco eran la gente más interesante de la tierra. No quise preguntar si lo decías en serio,
o si lo decías sólo para colocar palabras en el vacío. Me
interrogaste sobre las cosas que haría en Santiago a mi
regreso, sobre mi casa, sobre el clima que encontraría, y
quedaste muy sorprendida al saber que viajaría hacia el
invierno, hacia días más breves, y que ganaría seis horas
en mi vida, las mismas seis horas que había perdido al

llegar a Madrid ese día en que te había llamado por teléfono. Eso de pertenecer a otro mundo, de venir de un rincón remoto del planeta, te parecía, de pronto, completamente fascinante.

—¿Me llevarás a Chile algún día?

Hiciste la pregunta hundiendo la cabeza, tomando un aire de gata regalona.

—No sé... Quizá... Depende de ti, a lo mejor...

Dijiste que ya se me notaba inquieto por el viaje, que quizás era mejor despedirse, y yo empecé a recoger mis bártulos. Salimos, paraste un taxi, y después volviste y me besaste en la boca con intensidad, repetidas veces, mientras el anciano taxista, con la puerta de su lado abierta, esperaba con el motor en marcha. Después te perdiste en la noche veraniega, a la velocidad de ese automóvil desvencijado, haciendo una seña por la ventanilla trasera, y no supe si reaparecerías alguna vez, en algún lugar, en alguna circunstancia, tú o la otra, o tú y la otra, y sentí, mientras cruzaba el puesto de policía, mientras buscaba con la vista la sala de embarque, que me harías, a pesar de todo, ¡que me haríais!, falta.

Cumpleaños feliz

Vous dont la bouche est faite à l'image de celle de Dieu
Bouche qui est l'ordre même...

Apollinaire

Por primera vez he utilizado la palabra «sudaca». La relación de los sudamericanos con España y con París, con el mundo europeo, es uno de los temas recurrentes. En una relectura he descubierto que el cambio de actitud del narrador deriva de algún modo de la caída del Muro de Berlín. Ya no quiere celebrar su cumpleaños en compañía de intelectuales de izquierda. Quiere poca gente, y mujeres bien vestidas. Como el padre y la hermana son pinochetistas, el crítico mal intencionado y sectario, que sigue instalado en las más diversas trincheras, sacará conclusiones políticas negativas para el narrador y para el autor. Desde aquí declaro que serán abusivas. El narrador tiene derecho a recuperar determinadas aficiones estéticas e indumentarias de su familia sin necesidad de adoptar la ideología. En cuanto al autor, está en otra parte y no responde para nada de los vaivenes de su narrador.

El vendedor de zapatos es un personaje ligeramente infernal, un miembro del círculo de Apolinario Canales, el Mefistófeles chileno de otro de mis textos y cuyos poderes sobrenaturales le permitían, precisamente, cruzar el Muro. Se inclina a cada rato, como un monigote, y tiene una cortesía impostada. Es una persona del servicio, de la peligrosa especie de los servidores solapados que terminan por ponernos al servicio de ellos. El padre del narrador es, otra vez, el general; también es el marido de Eliana Carballo (que aparece más adelante) y la abuela bigotuda. En resumidas cuentas, es el poder, pero en su declinación patética, que lo ridiculiza y a la vez lo huma-

111

niza. *Hay en todo esto «una íntima tristeza reaccionaria», para citar al poeta mexicano López Velarde. Ya podemos escribir cosas como ésta sin temor a la censura. En cuanto a ese «usted», esa hermana invisible, es un recurso retórico que utilicé hace muchos años y que reapareció aquí no sé por qué ni cómo. Recurso retórico y también, claro está, fantasma fascista y hasta franquista. Como esa memoria remota de un mapa de España agujereado por banderas nacionales. Lo que ocurre es que todos, en esta viñeta, son fantasmas, sin excluir a la voluminosa invitada a la fiesta de cumpleaños. La invitada de «usted». Y ni siquiera lo son de carne y hueso. Son fantasmas que se diluyen en el cielo pesado del verano en el barrio de Argüelles y en los nubarrones del invierno santiaguino. Los del Parque Forestal, para ser más preciso, puesto que algunos de los narradores de estas historias, que en este aspecto coinciden con el autor, tienen dificultades para irse a vivir a otros lados de la ciudad.*

Hubo antes, para ablandar el terreno, dos noches excesivas. La primera en Huelva, iniciada en un patio de La Rábida, continuada en bares de luz dudosa, clausurada en un recinto particular, con música de lambada y de salsa y con huevos revueltos, y la segunda en el Café de Ruiz, en la calle del mismo nombre, a la altura de la madrileña Glorieta de Bilbao, noche de interminables whiskies escoceses en un espacio neomodernista. Usted sostiene que bebo demasiado, sobre todo para mi edad, pero yo insisto en que mis mejores descubrimientos se producen en los días siguientes, en la fragilidad síquica y física de los días siguientes, mientras uno maldice contra sí mismo y jura y rejura no reincidir. Para qué tanto descubrimiento, dice usted. Por supuesto, ¡qué otra cosa iba a decir!

En esa mañana siguiente fui a cobrar unas pesetas a la ventanilla de un banco, las pesetas precarias de los trabajos intelectuales, y decidí, cuando ya sentía los billetes en uno de mis bolsillos, que necesitaba zapatos nuevos. Son necesidades que se deciden, como usted sabe. Tenía, por lo demás, la vaga sospecha de ser un aficionado a los zapatos, los masculinos y los femeninos, aun cuando nunca me había detenido a elaborar una teoría sobre el asunto. Al fin y al cabo, las teorías sobran, y lo que hace falta es un poco de aire fresco. ¡La verde rama del árbol de la vida!, para citar al maestro Goethe.

Miré, pues, tres o cuatro vitrinas, distraído, descontento, imposible de contentar, diría usted, y entré por fin a una tienda donde tuve la impresión de haber estado antes. Hasta me pareció reconocer al vendedor, un sujeto alto, de bigotes pequeños, casi ridículos, y de ojos azulinos, cándidamente comerciales, y éste, con un amago de familiaridad, dio a entender que también me había reconocido. O lo hizo para darme gusto, porque el cliente siempre tiene la razón. Yo quería los zapatos de la parte superior de la vitrina, los que estaban apoyados en un pedestal de felpa roja, de color marrón tirando a burdeos, sin cordones, rematados en una punta más o menos aguda. Tipo mocasín, como se decía en Chile en nuestros tiempos, en los suyos y los míos, y como no dije. Pues bien, me los probé y ocurrió que me torturaban los pies de una manera insoportable. El vendedor bajó y regresó con el medio número superior, pero sabía que iba a quedarme grande. De eso no me cupo duda. Lo sabía, y actuaba en esa forma para manejarme, para conseguir sus objetivos. Usted ya me habría sacado a empujones de la tienda, furiosa, si hubiera andado en compañía suya, pero yo, que según su propia observación soy misántropo, estaba deliciosamente solo. Probamos seis, ocho, doce modelos diferentes. El vendedor, con sus ojillos cándidos, bajaba al depósito y regresaba cargado de cajas hasta más arriba de su cabeza, con tenacidad digna de causas mejores. Yo decidí no dejarme enredar, cosa que usted habría aprobado, y dije que lo sentía mucho: ninguno de los pares de zapatos, que ya invadían el suelo y provocaban la discreta sorpresa de dos compradoras británicas, me gustaba. Ahora pienso que me demoré en partir, que me entretuve en mirar algún objeto, el muestrario de las corbatas o el de los cinturones, quizás, usted adivina ese ánimo difuso, y el vendedor, que ya había tratado de interesarme en unos zapatos que tenían una decoración de agujeros en la punta, volvió a la carga con otro modelo de ese estilo.

—¡Mire usted, yo no uso nunca zapatos con esos agujeros! —protesté, con un énfasis que no era, ahora que lo recuerdo, normal. El vendedor se mostró sorprendido, cortésmente sorprendido. Comprendí que me consideraba un perfecto ignorante, un palurdo, o algo todavía peor, un sudaca, pero que hacía un esfuerzo para mantener la calma y la sonrisa.

—¿Sabe usted? —me informó—, los jóvenes de ahora se vuelven locos por estos zapatos. Es la ultimísima moda. Sentí una irritación francamente desproporcionada.

—A mí... —dije, y me quedé con la frase en suspenso, con la boca abierta, recordando esas estanterías superpuestas, ¿se acuerda usted?, hundidas en la sombra, en un aire saturado de polvo y de naftalina. La memoria, en una de sus jugarretas clásicas, me había transportado a la calle Almirante Barroso, a las hojas de los plátanos orientales asomadas a los balcones, a las penumbras, a las partículas suspendidas en el aire de ese caserón desaparecido.

—Lo que pasa —añadí, y quizá qué me llevó a entrar en un tono tan confidencial— es que son los zapatos que usaba mi padre. Me parecen del año cuarenta.

Ya sé que ese diálogo, en presencia suya, habría sido imposible. Usted habría establecido una censura previa de carácter perentorio. Pero yo estaba solo, y la resaca de la noche anterior surtía su efecto. El vendedor levantó los zapatos y los puso contra la luz de la mañana, contra el sol rotundo del verano de Madrid, como si la debilidad de mi motivo, su carácter caprichoso, deleznable, no merecieran otro comentario.

—¿Por qué no se los prueba? —dijo, y vi que el espigado sujeto se doblaba como si fuera de goma y me los ponía con manos cortesanas, expertas. Más bien, asistí a la escena, como si hubiera estado sentado junto a las dos inglesas erguidas, descalzas, de pies blancos y martirizados por las servidumbres del turismo, y la observara con el mismo desapego y la misma atención que ellas.

—Le quedan perfectos —opinó, y yo caminé, seguido de reojo por las inglesas de tobillos huesudos; miré los zapatos en el espejo, sentí que mis pies, oprimidos hasta ese momento, respiraban, y me dije, en la fragilidad de mi situación, ¿por qué diablos no puedo usar los zapatos que usaba mi padre, quién me lo impide: él, desde la tumba, o yo mismo, desde recovecos que todavía ignoro, pero que he conseguido vislumbrar, al menos, en unas fracciones de segundo?

—¡Me los llevo! —exclamé, con una sensación de privilegio injusto, de felicidad gratuita, no conquistada, y a los pocos segundos tenía que discutir con el infatigable vendedor, que trataba de colocarme otro par, un modelo que además de los agujeros coquetos tenía una hebilla, un arco de cuero y de metal que yo también recordaba en la sombra de esas estanterías.

—No me cabrían en la maleta —agregué, y el vendedor, después de hacer el gesto de juntarlos, de plegarlos, de insertarlos en un espacio ínfimo con un golpecillo del canto de la mano derecha, prolongó sus razones con el silencio de sus ojos impávidos, apoyados sobre la línea recta de la nariz, sobre la base estrecha y algo curva, pero sólida, de los bigotitos.

Llegué a mi pequeño departamento del barrio de Argüelles, me miré en el espejo, impresionado por mi decisión de aceptar esos círculos de agujeros decorativos, y comprobé, entre asombrado y perplejo, algo que usted ya me había dicho y que atribuí, cada vez que me lo dijo, a su agresividad, a su gusto por el sarcasmo: que me había puesto igual a mi padre. Igual a una expresión y a unas facciones que no eran nada lejanas. Y dispuesto a reconocer, por añadidura, que me gustaban los mismos zapatos. Lo vi parado encima de una alfombra persa de buena calidad, debajo de una lámpara de lágrimas, impartiendo instrucciones a los empleados. Era un director de orquesta, un administrador, un dictador que tenía la conciencia perfectamente tranquila, que no conocía ni de vista los sentimientos de culpa que nos habían agobiado a nosotros. Quiero decir, a mí y a mucha gente de mi tiempo, no a usted, que siempre fue inmune a esas cosas. Una salud mental envidiable, la de él y la suya, ¡una forma de simplicidad higiénica! Yo había sentido la tentación absurda de contarle al vendedor que viajaba a Chile, entre otros motivos, para celebrar en familia mis sesenta años, una conmemoración pesada, para decir lo menos, y por suerte me abstuve. Mi padre habría censurado esas confianzudeces, y usted, apenas con un matiz de diferencia, con el de los tiempos actuales, también. Lo vi, pues, de director de la orquesta familiar, bajo las luces reverberantes, que le hacían una aureola de Dios Padre versión rococó, y en seguida vi una escalera, en una casa típica del barrio alto, un espacio aséptico y unos pies que retrocedían, de espaldas, tanteando los peldaños en forma cautelosa. Cerca de los pies había unas manos gruesas, que temblaban debido al esfuerzo, y que sostenían un pesado bulto envuelto en unas sábanas.

La decadencia de mi padre, que había seguido una curva más bien lenta, se había precipitado cuando un ladrón lo asaltó en su propio dormitorio, a mano derecha de esa escalera. El cruzaba la calle, algunos días más tarde, con la cabeza vendada, exhibiendo sus vendajes como un trofeo, y le daba la mano a uno de los jardineros municipales, uno que lo conocía bastante, por lo visto, puesto que lo trataba con soltura, con cierta bonhomía entre amistosa y burlona, de «don Ricardo». Mi padre, sin sentir la menor tentación igualitaria, era de esas personas capaces de hacer vida social con todo el barrio, estableciendo, eso sí, un complicado e historiado sistema de simpatías y enemistades. Yo dormía en esos días en su casa, de regreso de un viaje, pero esa noche me había quedado en algún lugar de la costa, en buena compañía. Usted se había quejado de que no me hospedara en su casa, pero más vale prevenir que curar, ¿no le parece?

«¡Te salvaste!», fue la primera exclamación de mi padre, cuando entré a su cuarto de la Clínica Alemana al día siguiente: «Si llegas a aparecer en ese corredor, te disparan al cuerpo y te matan». Lo que quiso decir es que me había salvado gracias a la distracción, al devaneo, esas debilidades que él condenaba en otras ocasiones, pero que ahora habían resultado providenciales. A él, en cambio, lo salvó la edad. El asaltante creyó que aturdirlo, silenciarlo, sería tarea fácil y, cuando disparó, ya estaba nervioso, las luces del vecindario habían empezado a encenderse.

Veo la bajada de ese bulto grueso, agobiadoramente pesado, sostenido por manos y por piernas que se estremecían, y lo veo subir por esas mismas gradas con una agilidad decreciente. Usted solía ir detrás, o delante, hablando sin darle la cara, como si recitara un libreto bien aprendido. Usted ha conocido su libreto al dedillo, y desde muy chica. Después me pongo los zapatos y contemplo la punta redondeada, con agujeros, durante minutos interminables. Salgo al balcón y permanezco un rato con la boca abierta, extasiado, idiotizado. Días atrás, desde ese mismo punto, había sorprendido la escena siguiente. Una camioneta de propaganda electoral, colocada a un costado de El Corte Inglés, en la calle de Alberto Aguilera, tocaba con estridencia, con sonidos chillones, el *Cara al sol*. Un hombre de mediana edad, vestido con una chaqueta de *tweed* marrón, pelo oscuro más bien largo y peinado con esmero, bajo de estatura, de andar pausado, cansino, se detenía antes de cruzar, miraba en dirección al lugar de donde provenía la música, con emoción algo crispada, con el rostro pálido, y hacía, indiferente a la multitud, ensimismado, el saludo fascista. Me temo que ese gesto a usted le habría gustado. A mí me pareció entre cómico y extraño, incluso inquietante, y ahora, al evocarlo, recuerdo a mi padre en su cama, en la casa de Almirante Barroso, una mañana de domingo, en los años remotos de mi infancia y de la guerra de España, con un mapa desplegado encima de las sábanas, apoyado en sus rodillas, y con banderitas que señalaban el avance de las tropas nacionales.

En seguida lo veo sentado en su terraza, después del asalto y de regreso de la clínica, satisfecho con el enrejado inexpugnable que ha levantado un maestro soldador frente a sus ventanas y por encima de sus balcones. A su lado tiene una mesa con dos pistolas cargadas, destinadas a recibir a los asaltantes futuros, y me pregunta si entre mis amistades no habría alguien que le pudiera vender un fusil ametralladora.

«¡Tú que conoces a tanta gente!...»

Y habla de la recepción que tendrían los incautos asaltantes (a quienes imaginaba, supongo, agazapados detrás de los arbustos, en las sombras de los parques, debajo de los puentes): una lluvia de balas, una tormenta de acero, ¡pim!, ¡pam!, ¡paf! Repite las interjecciones durante un buen rato, como si así se desahogara, y me mira con una sonrisa burlona. A usted le tocaba esa sonrisa un poco menos que a mí. Llegué a pensar que lo hacía todo para provocarme, para sacarme de mis casillas. Yo partía a la costa en perfumada, amable, adulterina compañía, me quedaba a dormir en cualquier sitio, como el más perfecto de los vagos, y él, en cambio, a sus ochenta y tantos, asumía la defensa de la fortaleza, de la torre sitiada, del orden amenazado.

Preferí cambiar de tema, hablarle de gastronomía o de canciones de moda, y al cabo de un rato, cuando lo noté más tranquilo, le dije con suavidad:

119

—¿No cree que esos pistolones pueden alarmar a sus visitas? ¿Sobre todo a sus visitas femeninas?

—Tienes razón —respondió—; llévatelas. Pero no las dejes demasiado lejos. Déjalas encima de la cómoda, detrás del florero, para que esta niña no las vea.

La «niña», que había dejado de serlo hacía bastante más de medio siglo, era una de sus visitas anunciadas. Antes de que tocaran el timbre, él se preocupaba de que ordenaran su habitación, de que pusieran toallas limpias en los cuartos de baño, de que en la cocina prepararan un buen pisco sauer y unos «sanguchitos» de queso caliente.

—Como sabes —comentó, de paso, y mientras los tacones femeninos avanzaban desde la penumbra de su dormitorio—, todas estas mujeres son unas borrachas perdidas.

Saludé a su amiga, que tenía el pelo blanco y una expresión severa, casi solemne, parecida de algún modo a la de usted, y no pude reprimir una sonrisa. Era verdad que bebería un pisco sauer detrás de otro, con la mayor naturalidad, sin el menor aspaviento, y que sus ojos, a medida que cayera la tarde, se volverían acuosos, levemente rojizos, pero no se le movería un pelo, no perdería ni por un segundo su rigidez de medallón antiguo, al menos mientras estuviera en presencia de terceras personas. Una de mis primas hermanas, la hija mayor de mi tío Alberto, Clotilde, los había sorprendido dándose besos apasionados, como en las películas de los años cuarenta, en uno de los sofás del *living,* y confieso que a mí, a pesar de que Clotilde, aficionada a esos descubrimientos, hablaba en serio, me costaba creerlo. Sospecho que a usted no le costó tanto, pero consideró, en cambio, que comentarlo era de pésimo gusto. Si el episodio no se contaba, dejaba de existir.

A diferencia de otras veces, no tuve la menor sensación de miedo cuando mi avión despegó del aeropuerto de Barajas. No era el whisky que había bebido antes de embarcarme, hacia la una de la madrugada, trago que no había engendrado euforia sino vagos malestares. Eran los venerables zapatos. Había tomado conciencia, de pronto, de la edad, quiero decir, de la gran edad. Me había sentido pesado, heredero de una tradición más o menos antigua, histórico, y la muerte en un accidente de aviación ya no me parecía una alternativa tan negra. Me había puesto a recitar en voz baja:

Vous dont la bouche est faite à l'image de celle de Dieu
Bouche qui est l'ordre même
Soyez indulgents avec nous qui quêtons partout l'aventure...

Mi vecina de asiento, una monja pequeña, de hábito gris y de edad indefinida, me había mirado de reojo, sin que se le moviera, aparte de eso, un solo músculo, y yo le había hecho la venia más encantadora que había podido. Después pasé los nubarrones de una tormenta veraniega con la más insólita tranquilidad, recordando zapatos de todos los colores y las formas imaginables, viendo calcetines espléndidos, tobillos femeninos conmovedores, pantorrillas de un atractivo que hacía doler el pecho, y decidí sumergirme en la lectura, que consistía, en ese momento, en una colección de historias de Raymond Carver.

Dejé el libro en el bolso del asiento, miré la noche densa, que iba a prolongarse durante seis horas más que las normales, puesto que las ganaríamos durante el viaje al hemisferio sur, y pensé en el tiempo, en las décadas que había necesitado para superar la aversión a esos zapatos, cuyo brillo de color burdeos oscuro, cuyos agujeros dispuestos en formas circulares, cuya punta gruesa y redondeada, no me cansaba ahora de contemplar con deleite. Pensé en esa cantidad de tiempo con horror, puesto que el veto no sólo se había extendido a un estilo de calzado, sino que había abarcado, sin duda, toda una porción del universo, ¿una porción que usted había optado por ignorar? Me habían colocado frente a un gran espacio, un territorio variado, lleno de sorpresas, de promesas, de rincones delicados, y yo me había inventado unos límites, me había encerrado en una cárcel imaginaria. Me solté el cinturón de seguridad y me puse a dar grandes zancadas por el pasillo, no sé si hablando solo, supongo que sí: hablando solo y con cara de loco. Usted ya conoce esa cara. Había un caballero mayor, unas facciones conocidas, imaginé que un amigo de mi padre de la hípica, que me miraba de reojo, con una mezcla abrumadoramente chilena de hipocresía y de sorna. Estaba dispuesto a lanzarle una impertinencia cuando la azafata española, una mujer mayor, delgaducha, fatigada, pero amable, me preguntó si deseaba algo.

Acepté un whisky, a pesar de mi acidez, de mis flatulencias, y me dije que el incidente de los zapatos, con su nimiedad, con su insignificancia, estaba muy cerca de trastornarme. Poco había faltado para que le espetara una insolencia a un desconocido porque había supuesto que conocía a mi padre, en la hípica, para más señas, que me reconocía en mi condición de hijo suyo, y que me miraba de reojo, ¡y en son de burla! Regresé a mi asiento, agité los cubos de hielo, bebí un sorbo del whisky, le hice otra venia a la monja, y decidí que lo más sensato era tratar de dormir.

«¿Se acuerda de los zapatos de mi padre?», le pregunté a usted, que hace algunos años, desde que mi mujer se fue de la casa, ha tomado la costumbre de ir a recibirme al aeropuerto. Le mostré los que acababa de comprar en Madrid, y usted, que no entendió o no se interesó para nada en el detalle, se encogió de hombros. Hacía bastante frío, la cordillera estaba cubierta de nieve hasta los confines mismos de la ciudad, y noté, cosa que había olvidado durante mi viaje, que los pájaros cantaban con animación entre las ramas y revoloteaban encima de los potreros cercanos. A la altura de la Estación Central, ya los pájaros habían desaparecido, ahuyentados por la trepidación de los buses cascarrientos, que lanzaban enormes manchas de humo por sus chimeneas renegridas, en esta extraña aglomeración urbana donde hay más buses que pasajeros, pero el aire, gracias a los temporales recientes, estaba insólitamente limpio, y hasta la fealdad atroz de los edificios, la irregularidad chillona de los carteles, de alguna manera se redimían.

Usted, insistente, animosa, «familiera» hasta la médula de los huesos, como si los vendavales de nuestra historia no le hubieran dejado más que esa adhesión segura y en el fondo mezquina, me hablaba de los preparativos de mi cumpleaños, y yo, que abandonado a mi suerte no habría hecho ninguna celebración, salvo, quizás, emborracharme con alguien en algún restaurante de lujo, le indicaba: poca gente, nada de chimuchina, comida y trago de calidad, mujeres elegantes, buena música. No quería nada que me fuera contra el pelo, nada que contradijera mis deseos más íntimos, que no eran, después de todo, tan extravagantes. Al fin y al cabo, el Muro de Berlín se había derrumbado en forma estrepitosa. ¿Tenía que seguir invitando a mujeres desgreñadas, feministas, pasadas a tabaco, a intelectuales vestidos de mezclilla y de zapatillas de tenis?

Usted, que tiene una inteligencia normal, quizá ligeramente superior, si se la compara con las mujeres de su generación y de su clase, pero que es algo lenta en sus procesos mentales, me miró con sorpresa, sin comprender qué relación podía existir entre el Muro de Berlín y la elegancia de mis invitadas. Por mi parte, no estaba dispuesto a entrar en largas explicaciones. Agregué, tan sólo,

123

que deseaba ingresar a la sesentena bailando hasta desgañitarme, y que no me importaría un pepino hacer el ridículo.

«Eso nunca le ha importado mucho», dijo usted, con su boca fruncida, de católica observante y militante, y yo murmuré para mis adentros que el agnosticismo libertino del siglo XVIII no había perdido un ápice de su vigencia. En el centro de la Alameda, un hombre viejo, enjuto, chaleco brilloso, sombrero raído, zapatos rotos, tiraba de un carro de dos ruedas altas, cargado hasta reventar de objetos indescriptibles, mantas viejas, colchones inmundos, un velador, un espejo de cuerpo entero atravesado por una trizadura oblicua, una bacinica mellada.

«Todavía existen estas cosas», dije, y usted, esta vez, entendió, pero cambió de tema, o replicó, más bien, que le habían comentado que la imagen de Chile en Europa era extraordinaria, que el país entero iba a despegar rumbo a las nubes, o que iba a cortar sus amarras, mejor dicho, con el de sastroso continente sudamericano, para poner la proa en dirección a los lagos de Suiza o a los principados de Alemania.

«Soñar no cuesta nada», murmuré, y usted, otra vez fruncida, tamborileó en el manubrio japonés con dedos exasperados, que debajo de las falanges habían empezado a ponerse fofos. Fuimos un rato a su casa, escondida en un recoveco del barrio de Condell y de la plaza Bernarda Morín, y yo pregunté, como quien no quiere la cosa, si se habrían conservado los zapatos de mi padre. Usted caminaba con tranco firme, le daba órdenes a la cocinera, pedía que le recordaran a su marido que esa tarde tenían entradas para la ópera, y me dijo, después de haberle repetido la pregunta, que no, que se habían repartido, unos al encerador, otros a Rogelio, el mozo fiel, el dueño de esas piernas que temblaban a causa del esfuerzo de bajar el bulto, los demás al Hogar de Cristo.

Yo recordé modelos de dos colores, dignos de un museo de la vestimenta, o de la extravagancia, y en seguida, no sé por qué, por esos caprichos de la memoria, la más caprichosa e imprevisible de nuestras facultades, recordé ojotas que se hundían en un barro espeso, allá por el sur, mientras se escuchaba el chasquido de una pala. Usted me dejó en mi departamento del Parque Forestal. Había tomado medidas para que la empleada que hace el aseo en las mañanas se quedara y me sirviera el almuerzo, pero no podía acompañarme.

«Ya es bastante que haya ido al aeropuerto», dije, y usted no respondió, y le ordenó a la empleada, antes de salir, que pusiera un mantel limpio en mi mesa, que abriera la botella de vino y la dejara oxigenarse, que sacara el pollo del horno dentro de quince minutos. «General Pinochet», pensé, pero no quise comenzar tan pronto con la temporada de las pesadeces. A partir de ahora, tenía que aprender a no sulfurarme nunca, a no alterarme por leseras, ¡por huevadas!, para ser más claro. Mientras almorzaba permanecí callado, atormentado, incapaz de contestar a los comentarios de la Lucinda, la empleada, que tenía el defecto de hablar como una tarabilla, y por eso habría preferido que dejara la comida preparada y se fuera, pero ¿quién puede contradecir sus designios, hermana? Dormí una siesta sobresaltada, llena de sueños que empezaban a armarse y se interrumpían, a pesar de lo mal que había dormido en el avión. Usted, antes de retirarse, con su letra de las monjas inglesas, me había dejado una lista de invitados encima del velador, y yo la revisé en la oscuridad prematura del invierno, temblando, recordando los fríos insidiosos, penetrantes, permanentes, que uno podía llegar a padecer en Santiago de Nueva Extremadura.

Le comuniqué a usted en mi departamento, en la tarde siguiente, que la mitad de nuestra lista de invitados estaba con gripe, y con razones más que justificadas.

Entre los interiores mal calefaccionados, y las corrientes de aire, y la contaminación callejera (las fumarolas negras de los buses habían vuelto a prevalecer desde esa mañana), sobrevivir se convertía en un verdadero milagro cotidiano. Usted, que estaba aferrada al teléfono, con el pucho entre los labios, y que exigía que le trajeran a la casa la torta de mil hojas, de lo contrario no la habría encargado, ¡qué se habían creído!, trató de rebatirme, y yo le dije que no exageraba nada. Eran ellos, ¡ustedes!, detrás de la cordillera de los Andes, aislados del mundo, los que habían perdido la noción de la realidad. Vivían en un hongo de humo venenoso, boqueaban como los pescados que acaban de ser sacados del mar, y no se daban ni cuenta.

Cuando sonaron las campanadas de las doce de la noche, en presencia de la mitad de esa lista de invitados, lista que yo jamás habría confeccionado de ese modo, pero había llegado de regreso de Madrid demasiado tarde, descorchamos *champagne* nacional, yo apagué un velón grueso que coronaba la famosa torta, entre los cantos rituales que son siempre odiosos y vergonzosos, *Happy birthday to you!*, ¡cumpleaños feliz!, como traducen ahora, para colmo, y di la señal de comenzar el baile. Me parecía claro que a los sesenta, para no echarse a morir, había que continuar bailando. Bailé con Mañuca, su hija segunda, que es mi regalona, y con una señora alta y gorda que era la mujer de un compañero de trabajo del marido de Mañuca, miembro de la especie nefasta de los publicistas, gente a quien veía por primera vez en la vida. Otros también bailaron, con más resolución que animación, y yo ensayé unos ritmos de lambada sin demasiado éxito, con un súbito tirón muscular de la pantorrilla izquierda que pareció un llamado perentorio y doloroso al orden.

—¡Qué mierda! —exclamé, y le dije a mi sobrina Mañuca en voz alta, para que su vecina, la señora gorda, escuchara, que me había bajado el sueño, iba a desaparecer sin decirle a nadie, que siguieran ellos la fiesta.

—¡Qué roto más grande! —exclamó usted, que andaba cerca, con su estilo inconfundible (su marido no se había dignado a venir, tenía que atender asuntos «de negocios»), y la señora gorda me miró con ojos capotudos, con una sonrisa meliflua, y dijo que me hallaba toda la razón: si quería dormir, pues que durmiera, para eso era mi fiesta, y mi casa. En vez de irme a dormir, toqué las mejillas de la señora gorda, y después la tomé de las caderas, con fuerza, y pasé mi mano derecha por su nalga enorme, con la mayor impudicia, como si fuera la cosa más natural del mundo. Ya eran las dos de la madrugada. La música resonaba en mi departamento en forma atronadora, perturbando, me imagino, a todo el vecindario. La gente gritaba, bebía, se reía a carcajadas, y la sonrisa de la señora corpulenta parecía desintegrarse, mientras clavaba en mí unos ojos que eran brasas de un resplandor aterciopelado.

Fue el peor de los comienzos de una década de mi edad, como quizá correspondía. Por no hacerle caso a la señora gorda y retirarme, en realidad, a dormir. Ella habría sido voluntaria, a lo mejor, para cantarme canciones de cuna. En lugar de eso, seguí bailando como un energúmeno, con las ventanas del salón abiertas de par en par, sin querer comprender el peligro de los enfriamientos nocturnos y alcohólicos. Para resumir, terminé en el hospital, con calambres agudos, con un pie enyesado, que no podrá calzar los zapatos con agujeros durante largas semanas, y con un principio muy serio de neumonía.

A veces leo una página de la *Promenade dans Rome* del señor de Stendhal («He visto demasiado temprano la belleza perfecta», responde Mercutio en palabras shakespeareanas), pero he perdido, junto con la salud, toda capacidad de concentración, y le he dicho a la enfermera, en un estado de reblandecimiento consciente, casi baboso, que coloque los zapatos de color burdeos, bien lustraditos, con que usted me trasladó hasta aquí, donde pueda contemplarlos con toda tranquilidad, con calma voluptuosa. «Este problema de los zapatos era mucho más complejo de lo que usted se imagina», le he dicho, con la entonación precisa que tuvo que emplear Hamlet para dirigirse a su amigo Horacio, y usted, que en hospitales, en manicomios, en cementerios se siente tan a gusto, me ha mirado con expresión francamente alarmada, como si creyera que en verdad he comenzado a volverme loco. Le aseguro que no haré ningún esfuerzo para sosegarla. Yo mismo sospecho que estoy poseído, desde hace tres o cuatro semanas, por un estado de locura pacífica, subliminal (pero no sublime). Veo la sonrisa descompuesta de la señora gorda, sus ojos brillantes y fijos, que flotan sobre los techos del barrio bajo de Santiago, hacia el sector de la Estación Mapocho y de Recoleta, entre ropa colgada, muros ciegos, el crucifijo chueco de la torre de una iglesia, el ladrido de un par de quiltros, y me vuelven las tercianas. Me pongo a tocar el timbre como un condenado. Después me acuerdo de una frase de los curas jesuitas, *post festum, pestum,* después de la fiesta, la peste, y me da risa.

—¿De qué se ríe? —me pregunta usted, que había salido a estirar las piernas al pasillo, pero que sigue ahí.

—Estaba pensando. ¡Qué absurdo morirse por celebrar un cumpleaños! ¿No le parece?

—Mañana van a darlo de alta —contesta—, para que no siga pensando leseras.

Yo abro la boca, saco la lengua, y recibo de sus manos eficientes, que ahora se parecen a las manos de mi madre en sus años finales, una píldora antiinflamatoria. La recibo con unción religiosa, como si comulgara. Y con resignación, con docilidad de guagua.

La noche de Montparnasse

Existe o existió un Alvaro de Silva, modelo de Alvaro de Rivas, pero no son, naturalmente, y nunca podrían ser idénticos. El De Rivas es una verdadera ficción; De Silva, nombre de pluma de Alvaro Hinojosa, probablemente también, pero ya había circulado por las calles de Montparnasse antes de mi llegada a esos territorios, y de ahí mi necesidad de cambiar el nombre, y de no cambiarlo demasiado. En buenas cuentas, De Rivas es una ficción mía, y De Silva pertenece a la imaginación creadora de la persona que en la vida civil, documentada, se llamó Alvaro Hinojosa. En cuanto al Neruda de este relato, también es una ficción, un invento de Alvaro de Rivas, ¿y de Alvaro de Silva? Como la noruega, como Martine Darcey, como los regocijados pintores, y como el narrador melancólico y protosuicida.

Veo ahora los adoquines gloriosos de la Rue Sainte-Beuve y escucho las carcajadas de las noches de los viernes y de los mediodías de los domingos. ¡Tiempos idos! Esa olla común, con sus fondos, sus condimentos, sus tropezones, era un caldero de los infiernos. «Mi teoría consiste en freír todo lo que va cayendo a la sartén», explicaba uno de los pintores, y seguía esta teoría en el más amplio sentido de la palabra, con las comidas, abundantes o escasas según la suerte, y con las mujeres, que surgían de la noche o del humo, pasadas a nicotina, y de la misma manera como habían surgido desaparecían. Esa Nathalie tampoco es, exactamente, la Nathalie del poema y de los amores desgraciados de Enrique Lihn, quien tampoco es el poeta de la generación del cincuenta mencionado al pasar. ¡Invenciones, mixtificaciones!

131

Yo miraba desde la ventana de mi oficina el cielo de París, la cúpula dorada de Los Inválidos, y me aburría. En la oficina del lado, el agregado militar, el general X, acumulaba catálogos, muestras, fotografías de alfombras persas, cajas de cartón con aparatos electrodomésticos. Su ayudante, el suboficial Z, salía cada dos o tres días cargado de cajas que colocaba en la maleta trasera de su Mercedes Benz amarillo, que para esto tenía espacio más que suficiente, y otras cajas empezaban a acumularse de nuevo en su despacho. Si uno quería recibir instructivas informaciones sobre las diferencias de precios y de rentabilidad, sobre los valores finales que podían obtenerse en el mercado chileno, en el caso de alfombras belgas o persas, cuchillerías de Christofle, refrigeradores de doble puerta y con cubeteras automáticas, cadenas de alta fidelidad, automóviles, con sabias disquisiciones acerca de los colores y los modelos más cotizados, no había más que cruzar un espacio alfombrado, un poco deshilachado, de dos metros y medio, y dirigirse a esa oficina, la del general X, o Y.

En la oficina del otro lado estaba el ministro consejero, Justiniano de la Estrella, y él se especializaba en otra cosa. Su indiscutida especialidad eran las cartas de adulación, de «adhesión incondicional», a los precandidatos y posibles candidatos presidenciales. «Como tú bien sabes, querido Eduardo...» «¡Qué añoranza siento de nuestros combativos años estudiantiles, apreciado Salvador!» «Admiré mucho, como usted se puede imaginar, la oratoria de su señor padre, pero lo que hoy necesita el país no son discursos, distinguido y respetado don Jorge, sino hechos, realizaciones tangibles, dirigidas por una cabeza lúcida, por una mano experimentada...»

Yo trataba de escaparme de esos recintos, y me daba de cabezazos contra los muros. Una noche había que cenar un pollo triste, un pollo de muslos hinchados por los procedimientos de la engorda industrial, con acompañamiento de arroz mojado y apelmazado, en casa del agregado aéreo, y aplaudir después la cueca de sobremesa que bailaban sus tres hijas vestidas de huasas, aparte de resistir con heroísmo las insistentes invitaciones a participar en el baile.

—Usted es demasiado orgulloso —decía, sonriendo, pero picado a muerte, con la boca chueca, el capitán de bandada.

—No es orgullo, mi querido capitán. Es falta de aptitudes. Bailo con la gracia de un elefante.

—Acompáñeme a tomar una copa, entonces.

—¡A sus órdenes, mi capitán!

Una noche era eso, y otra, una comida en casa de Justiniano de la Estrella, el indispensable ministro consejero, en compañía de un senador radical bajo de estatura, oscuro de color, rechoncho y de miembros cortos, conocido como «el manos pochas». Se hablaba de candidatos, ¡candidatos! (parecía que Chile era el país de los candidatos, de los presidenciables presentes y futuros), y el senador, con voz grave, declaraba que Eduardo Frei Montalva era un político interesante, muy amigo suyo, pero que no le había llegado el turno todavía.

—¿Y cuándo le llega el turno a usted, don Jeremías? —preguntaba De la Estrella, con voz meliflua.

—¿Yo? Yo no estoy en esa parada —contestaba el senador, agitando las famosas manos, pero la sola pregunta, el solo hecho de que la pregunta fuera posible, lo hacían inflarse como un sapo.

Otra noche, el Lido por enésima vez, o el Crazy Horse Saloon por trigésima, o el salón de autoridades del aeropuerto de Orly. ¡Para esto he venido a París!, exclamaba yo, golpeándome la frente, y pensaba con amargura en los pintores de la calle Sainte-Beuve, que revolvían la olla de sus tallarinatas y hacían lo que les daba la real gana, y en los escritores becados, eternos y felices becados, peatones de todos los adoquines subvencionados de este pícaro mundo. ¡Para esto!, y pensaba, más que con amargura, con un sentimiento parecido a la desesperación, en María Luisa, que había tenido la astucia de quedarse en Santiago, que viajaría a juntarse conmigo más tarde, si es que viajaba, y que debía de consolarse y despedirse con tiempo, con calma, con fruición, entre cálidas sábanas de hilo, de su (probable) amante el arquitecto, en María Luisa, mi mujer, y en mi hija Carolina, que era mía, a pesar de todo, porque tenía los ojos y los dientes míos, y que parloteaba y echaba burbujas de saliva por la boca, ajena y feliz, anterior a la conciencia.

Fue en ese tiempo, y con ese ánimo, cuando conocí al inefable Alvaro de Rivas, que había llegado de Estados Unidos, de treinta o cuarenta años de vida, matrimonio, trabajo universitario en algún lugar del este de Estados Unidos, y que se instalaba en París, en la buhardilla más barata de un hotel barato del Barrio Latino, para comenzar de nuevo. Alvaro acudió al consulado por un motivo cualquiera, y después, como había oído hablar de mí en las tallarinatas de los pintores o en alguna mesa del café Dôme («un sujeto amable, amigo de los artistas, que había aparecido en la embajada»), se presentó en mi oficina sin anunciarse. En ese tiempo no se habían difundido las prácticas de seguridad que existen ahora. El terrorismo ya asomaba su cabeza torva, pero nadie se imaginaba el desarrollo que adquiriría en las décadas siguientes. En materia de seguridad, vivíamos todavía en una especie de inocencia, inadvertidos y felices, aunque sin darnos cuenta cabal de ninguna de las dos condiciones. Alvaro atravesó, pues, las fáciles barreras de aquellos años, formadas por Manuel Cuevas, el portero, que seleccionaba a las visitas por la indumentaria y por el color de la piel, ¡a la usanza antigua! Caminó por el sector de las oficinas interiores agachado, mirando con cara de espía de película de Mack Sennett o de Buster Keaton las puertas, la caja barroca del ascensor, los espacios ofrecidos a su curiosidad, y canturreando imperceptiblemente, como era su costumbre; entró por error a la sala del agregado militar, que en ese momento estudiaba catálogos de vajillas de porcelana, y golpeó después, para no volver a equivocarse y a pesar de que estaba abierta, a la puerta de mi despacho. Golpeó con tanta suavidad que no escuché, preocupado como estaba de los intríngulis de una rendición de cuentas. El, entonces, volvió a golpear y dio un paso decidido. Su aspecto físico me sorprendió de inmediato. El hombre que entraba en esa forma, con esa mezcla de audacia y timidez, pisando fuerte y a la vez pestañeando, sí que venía de otra parte, de otras esferas. Era pálido, flaco, de cuello largo y nuez pronunciada. Su chaqueta de cuatro bolsillos abotonados, de *tweed* viejo, pero de buena procedencia, parecía una bolsa deformada por la costumbre de llevar papeles y objetos heterogéneos. Tenía cabellos cortos, grisáceos, cráneo puntudo, nariz aguileña, ojos claros y acuosos: algo de Don Quijote, algo de fantasma, y algo de un caballero chileno de mi infancia, un viejo rico y católico, siempre asociado con instituciones y ceremonias de Iglesia, a quien conocíamos como «el pollo hervido».

—¿Tú eres Joaquín?

—Sí —dije—, yo soy Joaquín.

—Entro, entonces.

—Entra.

—Yo soy Alvaro de Rivas.

Ya me habían hablado. Me habían comentado su caso con cierto lujo de detalles. Alvaro era de comienzos de siglo, de Valparaíso, y tenía otro nombre. En la realidad civil, mejor dicho, en esa otra irrealidad, se llamaba Espinoza o Inostroza. De joven había viajado con Pablo Neruda al Extremo Oriente. El poeta de *Veinte poemas de amor,* que era íntimo amigo suyo y que detestaba y se angustiaba ante la sola idea de viajar solo, había cambiado su pasaje de primera clase, que había recibido del gobierno en su flamante calidad de cónsul de elección, por dos de tercera. En esa forma, los dos amigos habían atravesado juntos el Atlántico, habían desembarcado en Marsella y habían subido en tren a París, el París de Lucho Vargas Rozas y Henriette Petit, de Camilo y Maruja Mori, de Vicente Huidobro, César Vallejo y Juan Gris, de Pilo Yáñez y de Gabriela Rivadeneira, conocida más tarde como Madame Gaviota. Habían bajado en seguida por el canal de Suez y conocido las costas etíopes de Arthur Rimbaud el traficante, el evadido, y habían arribado por fin a los mares de la India. Alvaro partió más tarde a Estados Unidos, se hizo profesor de universidad y publicó de cuando en cuando cuentos en inglés en revistas como *Harpers Bazaar* o *Esquire.* Hizo denodados esfuerzos para convertirse en escritor en lengua inglesa. Si Konrad Korseniowsky, el polaco, lo había conseguido con el seudónimo de Joseph Conrad en la Inglaterra victoriana, ¿por qué no él, Alvaro Hinojosa o Inostroza, Alvaro de Rivas, en Estados Unidos del New Deal y de Franklin Delano Roosevelt? Su máxima gloria fue un relato más o menos erótico, de ambiente caribeño, publicado en las páginas centrales de la revista *New Yorker.* Tuvo una mujer norteamericana que ninguna persona que conozcamos llegó a ver jamás, ni de lejos, una gringa innominada y olvidada, y se supo que se había divorciado tarde, sesentón, en el momento preciso de obtener su retiro universitario. En ese aspecto, a pesar de sus experiencias exóticas, seguía siendo muy chileno. Como un alto porcentaje de nuestros coterráneos, había vivido para jubilar. Estaba convencido de que con la jubilación, al final de la vida, la vida comenzaba. Para conseguir el divorcio, tuvo que entregarle a la norteamericana, ¿una giganta desgarbada, una enana insidiosa, una rubia con pecas?, el cincuenta y ocho por ciento de su pensión de retiro, y con el resto, es decir, con el cuarenta y dos por ciento de los dos tercios de su antiguo sueldo de profesor de idiomas, se instaló en la última buhardilla, la más estrecha, con un techo en declive que sólo permitía estar de pie cerca de la puerta, lejos de la ventana, del Hotel des Carmes, Rue des Carmes, en los faldeos de la Montaña de Santa Genoveva y en los confines del *arrondissement* número cinco. Objetivo principal de su nueva vida: gozar de la vida, de los años que todavía tenía por delante, sin meterse en los enredos ideológicos «en que se metió el pobre Pablito, tan dotado para algunas cosas, tan tonto y tan débil para otras», y convertirse, de paso, en escritor francés.

—¡Escritor francés!

—Comencé como escritor chileno, después fui escritor norteamericano, y ahora he decidido convertirme en escritor francés. ¿Por qué no? —y a estas alturas de la frase ya se había puesto a canturrear con suavidad—: ¿Por qué no? *Pourquoi pas?* ¡Escritor francés! ¡Es... cri... tor... fran... cés...!

Esa noche, en el café Dôme, en el cruce del Boulevard de Montparnasse con la Rue Delambre y el Boulevard Raspail, a un metro de distancia de la mesa donde Alberto Giacometti, el escultor, bebía su vino triste de la medianoche y adquiría un color de ceniza cada vez más acentuado, le manifesté a Alvaro, no sé por qué motivo, probablemente por ingenuidad, porque había enganchado con el personaje y quería de buena fe entenderlo, mis serias dudas sobre su proyecto. ¿Se podía llegar a dominar un idioma extranjero a estas alturas, «a tus alturas, para ser franco»?

«A mis alturas», canturreó Alvaro, moviendo la cabeza con alegría, y alargó un brazo para tomar de los hombros a la joven de nacionalidad noruega, grande y robusta, de piel muy blanca y de cabellos castaños, vestida de pantalones negros, botas gastadas y un suéter largo y tosco de lana roja, que estaba a su lado. La corpulencia de la muchacha engañaba un poco, pero era sin duda muy joven, de veinte o veintitantos años a lo sumo, quizá menos.

—Mira —explicó—, *señor diplomático:* asisto todas las mañanas a la Alliance Française, por aquí muy cerca, y estudio el idioma, aparte de practicar la amistad con mis compañeras de banco —y señaló con humor a la giganta nórdica, que se llamaba Rita, Rita y un apellido escandinavo difícil de pronunciar—: En las tardes leo en francés, pinto, porque también soy pintor, si quieres que te lo diga, y escribo algunos textos. Así... Sin pretensiones. Y en las noches salgo, me paseo, converso con todo el mundo. Todavía me falla la gramática, pero el oído se acostumbra, percibo el ritmo, empiezo a pensar en el idioma... ¿No has reflexionado alguna vez, tú, sobre lo bueno que es ser escritor francés, por todo lo malo que es ser escritor chileno, peruano, argelino, tunecino? ¡Piensa un poco!

Yo había pensado, desde luego, pero mis pensamientos nunca me habían llevado por caminos tan optimistas. Como fruto de mi reflexión, había resuelto hacía tiempo, en los umbrales de la madurez, ganarme la vida en la diplomacia, no con la literatura, y había terminado por escribir un artículo una vez al año, y un poema cada año bisiesto.

—Veo —comenté—, en cualquier caso, que la Alianza Francesa facilita los contactos con las nuevas generaciones.

—Y eso —acotó Alvaro, abriendo sus ojos claros, acuosos, subrayados por ojeras profundas, de un color gris azulino— no deja de ser importante si uno quiere renovarse, vivir de nuevo.

Acarició la nuca de la noruega, estatuaria y blanca, y ella lo miró con ternura. Yo recordé con rabia, con amarga frustración, los tentáculos burocráticos que me sofocaban. Pensé que perdía mi vida, y que Alvaro, con su extravagancia, con su locura, cuando se hallaba en las cuerdas, en el penúltimo o en el antepenúltimo *round,* la recuperaba. Me pregunté si se llevaría a la noruega a su buhardilla de la Rue des Carmes, y llegué a la conclusión de que sí, seguro que sí. A juzgar por los ojos, por la cara encendida de la chica, por su manera de ofrecerse a las caricias de Alvaro, se la iba a llevar esa misma noche. Y yo... Bebí otra cerveza, tragué la hiel acumulada en mi pecho, el sedimento denso de mi envidia, y me fui en mi pequeño Renault con placa CD, a toda velocidad, a la parte alta del Boulevard de Saint-Michel. Toqué con mano trémula el timbre de Martine Darcey, una francesa que me habían presentado los pintores, que hablaba con cierta ilusión de las embajadas, que había salido a cenar conmigo un par de veces, en salidas que me habían costado caras, y que después de largas sobremesas siempre había terminado por darme con la puerta de su departamento en las narices.

«¡Ah!», dijo por el citófono, «Jacques», porque no podía pronunciar la palabra Joaquín y había decidido llamarme Jacques. Se abrió el portón de la calle al cabo de un rato y apareció, bella, pálida, con los ojos y hasta las pestañas recargados de maquillaje, acompañada de un chico mal agestado, musculoso, que ni siquiera se dignó sacarse las manos de los bolsillos y que me miró de arriba abajo con cara de profundo desprecio. Martine dijo que no podía estar conmigo ahora, que lo sentía mucho, que la llamara por teléfono, y cruzó la calle a la carrera, mientras el viento que barría las hojas del Luxemburgo arremolinaba su falda larga y marcaba las curvas de su trasero macizo, de grandes nalgas bien formadas.

—¿Cómo haces? —le pregunté al día siguiente a Alvaro, mi nuevo amigo inseparable— ¿cómo te las arreglas? Acababa de saber, por el télex de la oficina, que María Luisa postergaba otra vez su viaje a París. La Carolita había contraído la peste de cristal, y cuando se sanara tendría que someterse a una tanda de sesiones en el dentista. ¿No decían que los dentistas de París cobraban un ojo de la cara?

—Mira —explicó Alvaro—, existen diversos procedimientos. Di... ver... sos... pro... ce... di... mien... tos... —canturreó—. Hay que elegir uno y aplicarlo en forma coherente, con toda calma, con optimismo, sin la menor impaciencia. La impaciencia —subrayó, llevando la voz a una zona premusical— es muy ma... la consejee... ra.

—Explícame uno, por lo menos. ¿O son secreto profesional?

Estábamos en el café de la esquina opuesta a La Rotonde, en la parte alta de Raspail, y eran las dos o las tres de la madrugada de un sábado. Habíamos pedido el último Muscadet y estábamos en son de reposo y de repaso de las diversas situaciones, de balance.

—En algunos casos, por ejemplo, averiguo las relaciones de la muchacha con su padre. Trato de comprender la naturaleza exacta de esas relaciones. Le pregunto si se aviene, si se avenía, si echa de menos a su padre. Si no se aviene para nada, si percibo que no siente verdadera simpatía por él, desisto de partida. Hay que tener mucha paciencia, como ya te dije, pero hay que tratar de no perder nunca el tiempo. Eso desmoraliza.

—¿Y si las relaciones son buenas?

—Si son buenas, significa que tengo posibilidades. Por la vía de la identificación. De la suplantación. En esos casos, pongo manos a la obra. Hago un trabajo fino.

Aparte de su dedicación a las jóvenes compañeras de curso, por lo menos a las que confesaban tendencias edípicas, continuaba con su aprendizaje de escritor francés. Y pintaba unos cartones vagos, unas manchas amarillentas o verdosas que sacaba de un cartapacio y exhibía con grandes aspavientos, a la luz de las lámparas de neón y en medio del humo espeso, canturreando con alegría. Estaba dotado, sin duda, de una capacidad de comunicación fuera de lo común. En poco tiempo se había hecho amigos en todas partes y los admiradores menos pensados, como si hubiera vivido en París toda la vida: la dueña del Hotel des Carmes y una amiga suya; un mozo de La Rotonde; un abogado francés y su esposa, rápidamente convertidos en mecenas y coleccionistas de su pintura; pintores jóvenes de diversos países, incluyendo, aparte de los chilenos, un boliviano, un par de mexicanos, un rumano y hasta un coreano; un par de maricas de nacionalidad peruana, que acudían a escucharlo y lo miraban con embeleso, con ojos brillantes.

«¡Qué hombre más fascinante!», exclamaban, «¡qué maravilla!», mientras Alvaro contaba historias de viejas amigas de Santiago y de Valparaíso, aventureras internacionales, o de Pablo Neruda («Pablito») a su llegada a Birmania, enloquecido por hermosas nativas que fumaban puros enormes y pestilentes, o de un accidentado y onírico viaje por tierras del norte de México.

Una noche me invitó a cenar en el Hotel des Carmes en compañía de la giganta noruega. Yo traté de llevar a Martine Darcey, que me contestó por el teléfono que sí, que encantada, y después me dejó plantado en el portón de su casa de Saint-Michel, empalado por un viento glacial. «¡Nunca más!», murmuré, «¡cabrona!», pero sabía que reincidiría, sabía eso, y temía, para colmo, que mi perseverancia no produjera frutos de ninguna especie.

Alvaro me esperaba con un mantel a cuadros extendido en el suelo, cuatro tenedores y cuatro cuchillos, cuatro platos, cuatro vasos y dos *baguettes* de las más largas, delgadas, crujientes. Aparte de eso, de comida, dos latas de sardinas en aceite de oliva, un queso camembert, cuatro hermosas manzanas colocadas en una fuente de paja, un pocillo de greda con pasas y un litro de vino del Postillón.

«Todo es muy sano», advirtió, aun cuando no tenía ninguna necesidad de advertirlo. La noruega sonreía, sin entender casi nada de nuestra conversación, y permanecía en el suelo con las piernas robustas, columnas dóricas forradas en bluyines y que me habría gustado desnudar y acariciar, cruzadas. Si se hubiera puesto de pie, su cabeza habría chocado contra el techo: los muros de tabique de la buhardilla y quizá de todo el hotel habrían temblado. Se veía, pues, que esa posición sentada, de escriba egipcio, era resultado de la experiencia y la costumbre.

Alvaro me había dicho un par de noches atrás que la riqueza era relativa por definición. Uno era siempre el pordiosero de alguien y el millonario de algún otro. El, con su pensión norteamericana reducida a los trescientos dólares mensuales, se consideraba moderadamente próspero. Después de pagar su buhardilla, compraba provisiones de sardinas, de nueces, de vino del Postillón, y las dividía en las cuatro semanas del mes. Dejaba una reserva para dos bienes perecibles: las manzanas, el pan. En transporte no gastaba casi nada. Prefería deambular por Montparnasse; así recreaba su vista y por añadidura hacía ejercicio. Y siempre comprobaba que había personas atractivas, graciosas, y mucho más pobres que él, que agradecían con efusión sus latas de sardinas, sus vasos de vino, sus manzanas, y hasta su techo y su lecho modestos, pero seguros.

«Yo no tengo nada que ver, por ejemplo», declaró, con expresión y ampulosos gestos de rechazo, «con el universo de los chunchules, de las prietas, de las empanadas caldúas y los arrollados picantes. ¡Con todas esas cosas que trastornan al pobre Pablito!»

Me pareció interesante que insistiera en hablar, desde su mantel a cuadros y sus cuatro sardinas, del «pobre Pablito», que se alimentaba en las mesas más suntuosas del Viejo y del Nuevo Mundo y que se desplazaba seguido de una verdadera corte faraónica. Lo más curioso de todo es que lo decía sin envidia, sin doble intención, convencido de que el Poeta, de algún modo, era víctima de una forma de servidumbre en la que se había enredado él mismo, de puro tragón, y de puro infantil. Después de comer pan con sardinas, cena completada por una ración de pasas y manzanas verdes, y de beber algunos vasos de vino del Postillón, esa noche en la buhardilla de la Rue des Carmes, sacó una hoja de papel escrita a lápiz y leyó una prosa francesa más o menos desmadejada, aunque no exenta de ritmo, con atisbos ciertos de poesía, donde se trataba de fantasmas borrosos, de callejones llenos de gatos, de sueños, de pinceladas de luz sobre los techos negros de los edificios de enfrente, de brazos robustos y de vellos oscuros sobre muslos de una blancura inmaculada. Yo estaba nervioso, intranquilo, con ganas de escapar de allí, mientras la noruega escuchaba con embeleso, con una sonrisa encantadora, con las piernas en posición de yoga, la cabeza levantada, las aletas de la nariz algo chata palpitantes, los músculos del cuello desplegados en toda su fuerza.

144

Martine volvió a salir conmigo una noche, encantadora en un comienzo, incluso entregada, aceptando que le tomara las manos, que le acariciara la espalda y la nuca, que le diera besos en las mejillas, besos más o menos furtivos, puesto que estábamos en un lugar público, y crecientemente inquieta, enajenada, incluso destemplada, a medida que pasaban las horas. Alvaro, consultado por mí al día siguiente, se sacó los anteojos, cruzó las manos encima de la mesa del café y tarareó una melodía, con los ojos perdidos en el humo.

—Es un caso difícil —diagnosticó—, no cabe duda. Y lo peor es que tú estás pescado, agarrado de un coco. De... un... so... lo... co... co...

—¿No tienes ningún consejo que darme?

—¡Absolutamente ninguno!

Hubo, sin embargo, y sin decir agua va, un cambio de rumbo repentino. Martine llamó por teléfono a mi oficina, en un momento en que hablábamos de quinquenios, de putas, de lugares especiales de Montparnasse, el gordo tercer secretario, el segundo cónsul y yo. Me dijo que estaba invitada a una casa de campo y que por qué no íbamos juntos. Era una pareja acomodada, todavía joven, insatisfecha con el estado actual de la sociedad, un par de aristócratas comunistas, ella traductora del inglés y del alemán, él sociólogo, con dos hijos menores que habían tratado de educar de una manera diferente, sin prejuicios burgueses ni religiosos, dos niños que después demostrarían ser dos monstruos gritones, agresivos, hiperkinéticos. Nos colocaron a Martine y a mí en habitaciones separadas, pero unidas por un vasto baño común de baldosas blancas y negras, provisto de una enorme tina con patas de animal mitológico. Le comenté a Martine que parecía muy adecuada para bañarse de a dos, para restregarse las mutuas espaldas con grandes esponjas traídas del mar Egeo, y ella exclamó «*Tu penses!*», pero me miró con ojos provocativos. En la noche, durante la cena, preparada con esmero y con algo de *stress* por la refinada dueña de casa, una mujer de cara seca, de pelo de un rubio pálido, pero de bonitas piernas y pechos bien formados, comprendí que Martine me había llevado por dos motivos: porque era de nacionalidad chilena, y oriundo, en consecuencia, de uno de los rincones más lejanos y exóticos del Tercer Mundo, y porque a la vez era de profesión diplomático y de raza blanca, combinación perfecta para presentarse ante una pareja de rebeldes de buena familia. Me hicieron preguntas exhaustivas sobre Chile, sobre la economía miserable que sin duda enriquecía a unos pocos y mataba de hambre a todo el resto, sobre la vida política, que sólo podía ser la caricatura grotesca de algún modelo externo, sobre las pavorosas barriadas de extramuros y sobre el lamentable estado de la educación y la salud pública, que contrastaba en forma flagrante, qué duda cabía, con el de la heroica isla de Cuba, hasta que se me cayeron los ojos de sueño. En el corredor, tambaleándome de cansancio, tomé a Martine Darcey por un hombro y le propuse sin excesivos rodeos que durmiera conmigo.

«*T'es fou!*», exclamó ella.

«¿Por qué voy a estar loco?», me pregunté, hablando conmigo mismo. «¿O quizá sí estoy loco?» Entré a mi dormitorio, tiré lejos los zapatos, me saqué el suéter grueso, de cuello subido, con movimientos mal coordinados, con la absurda impresión de que podía morir estrangulado, y me puse el piyama tiritando de frío. Había una miserable estufa eléctrica, que no conseguía calentar la habitación de techo alto, y la estación otoñal avanzaba. Me hice la ilusión de que Martine, acuciada también por el frío, se deslizaba en la punta de los pies en la oscuridad y buscaba el calor de mis brazos, pero esa ilusión carecía de todo fundamento. Sospeché, incluso, que habría sido menos difícil que me visitara la dueña de casa, la condesa comunista de cara seca, bonitas piernas y ojos un tanto extraviados. Al día siguiente había un sol esplendoroso, un veranito de San Juan, como decimos en mi tierra. Tomamos café con leche en grandes tazones de campo, mientras los niños daban puñetazos en la mesa y nos tiraban migas e incluso pelotas de papel bastante contundentes, y aunque no fui sometido a examen sobre factores socioeconómicos, me preguntaron, esta vez, con gestos de intensa simpatía tercermundista, si en Chile había frutas exóticas, como por ejemplo el mango, la guayaba, el abacaxí, y si éramos productores importantes de café y de azúcar de caña. Al regresar a mi dormitorio, más irritado de lo necesario, sentí que corría el agua de la tina. A través de mi puerta entreabierta se divisaba el cuarto de baño inundado de vapor. Crucé esa puerta, avancé unos pasos, y descubrí de pronto que Martine, junto a la tina, estaba enteramente desnuda, pero calzada con altas botas de cuero negro. Era, como ya he dicho, de trasero macizo, nalgas importantes, y las botas altas hacían que sus piernas gruesas, por contraste, se vieran demasiado cortas. Yo ya venía nervioso, a causa de los malditos niños y de la trabajosa conversación con los señores De Follé, nuestros anfitriones, y tuve una reacción estúpida, que todavía no consigo explicarme del todo. «*Tu es trop grosse!*», exclamé, demasiado gorda, y quise, a pesar de esta exclamación idiota y grosera, acercarme, abrazarla, pero ella lanzó un chillido estridente, un verdadero alarido, corrió a su habitación, desplazándose con cierta torpeza sobre las baldosas húmedas, y se encerró de un portazo furibundo. Yo manoteé en el vapor, tomé la precaución de cortar la llave del agua caliente, observé las esponjas, que habían absorbido el agua y se habían ido al fondo de la tina, y después me tiré de espaldas en la cama y clavé los ojos en el techo, desesperado.

«Sí», murmuró Alvaro de Rivas a la noche siguiente,

147

enarcando las cejas y haciendo con la mano derecha un signo de interrogación: «Es algo que puede pasar. Una reacción brusca, que no se controla... ¡Claro!... Ahora bien, todo depende de lo que uno pretenda. Si querías castigarla, obligarla a dar un alarido de rabia... Pero si querías que ella se metiera en la tina contigo, y jabonarla, frotarla dulcemente... A todo esto, ¿verdad que es tan gorda?».

Ni siquiera era verdad. Mi exclamación ni siquiera tenía una justificación concreta. Era gruesa, pero bien proporcionada, de espaldas, nalgas, muslos armoniosos, y yo, incapaz de cerrar la boca, por desequilibrado, histérico, me había farreado mi gran oportunidad.

—Pídele disculpas —sugirió Alvaro—, explícale que tu deseo de ella, tu ansiedad, tu frustración, te hicieron decir algo que no pensabas, que no piensas en absoluto, que las mujeres más bien llenas te fascinan, que ahora, después de haberla visto desnuda, estás completamente loco por ella, que no comes, que no duermes... Que esa locura misma fue lo que te llevó a ponerte irracional, agresivo... ¡En fin!

—Ya lo hice, lo hice al día siguiente, en el camino de regreso a París, y después por el teléfono, pero ella, ahora, actúa como si se hubiera olvidado del incidente, como si el episodio, si es que hubo un episodio, no tuviera la más mínima importancia, y en su relación conmigo ha vuelto a fojas cero. Que está muy ocupada, que tiene mucho sueño, que la llame a fines de la semana próxima, que quizás... ¡A fojas cero!

Alvaro, a todo esto, tarareaba uno de esos airecillos de su propia cosecha, pero en sus ojos azulinos había una sombra de preocupación, un parpadeo más repetido, más rápido, mientras su nuez, tan parecida a la nuez del «pollo hervido» de mi infancia, se movía cuello arriba en forma interrogativa, como una insistente pregunta que no obtenía respuesta satisfactoria.

El domingo después de almuerzo, poco antes de regresar a París, me encontré por casualidad con la condesa en un sendero, junto a unos manzanos que habían perdido todas las hojas. Se me ocurrió echarle un par de piropos. Le dije que se veía muy joven, muy sexy, pero le reproché que me hubiera tratado como a una especie de buen salvaje. Ella, encantada, me tomó del antebrazo con una mano. Lo que sucedía, me dijo, es que los franceses la aburrían, *«mortellement!»*, y los sudamericanos, en cambio, le encantaban. Descubrí que la condesa revolucionaria, con sus ojos exaltados, un poco bizcos, era loca como una cabra. Nos dimos un par de besos apasionados y algunos agarrones detrás de la frágil protección de aquellos troncos desnudos, y fuimos interrumpidos por los gritos del marido, que no la divisaba bien (espero) y llamaba para que lo ayudaran a cerrar la casa. El incidente sirvió para levantarme el ánimo, destrozado desde el encuentro con Martine junto a la tina. En esos días, o, mejor dicho, en esas noches, conocí a Nathalie Wiesenthal, de profesión, o de supuesta profesión, fotógrafa, célebre en la colonia chilena porque había sido cantada en versos de un coloquialismo melancólico por un poeta de la generación del cincuenta. Nathalie me llevó a un restaurante ruso de la Rue Vavin, devoró caviar fresco en forma completamente ruinosa para mi sueldo de segundo secretario, y después consintió en acostarse conmigo en su habitación de Notre-Dame-des-Champs, en un edificio viejo, de escaleras circulares, que sólo tenía, un excusado y un lavatorio mísero, sin agua caliente, en los descansos entre los pisos. Antes de entrar en su habitación, que casi se reducía a una cama doble con una colcha de encajes y a un pesado espejo colgado de la pared, dio dos golpecitos en la puerta vecina. ¿Por qué hacía eso? La musa del poeta de la generación del cincuenta explicó que era un saludo. «Son dos amigas mías que viven ahí. Una pareja de lesbianas.»

Cuando hicimos el amor, pasada la medianoche, la musa suspiró, se lamentó, gritó, sin la menor consideración para el posible sueño de sus vecinas. Después, mientras bajaba al baño semidesnuda, examiné el muro de un modo minucioso. Tuve la extraña intuición de que las lesbianas nos habían espiado por algún dispositivo secreto.

«A ti te sacó el caviar», resumieron los pintores, que me habían invitado a participar de su olla de los sábados a la hora de almuerzo, «y a las lesbianas les cobraría treinta o cuarenta francos por el espectáculo. ¡Más claro, echarle agua! El par de golpecitos era un aviso en clave. Tú hiciste de actor porno, sin darte cuenta...»

Los pintores se rieron a carcajadas. Estaban preparando una paella con mariscos, conejo, pedazos de cerdo, longanizas, pimientos rojos, y yo había aportado una botella de Johnnie Walker de galón que fue muy celebrada. Por desgracia, Alvaro de Rivas, animador habitual de esas reuniones sabatinas, no podría asistir. Había un par de manchas suyas en las paredes, pegadas con chinches, y una hermosa fotografía de juventud apoyada en la repisa de la chimenea: él y el Poeta sentados en un banco de Valparaíso, de perfil, en vísperas del viaje al Extremo Oriente. No asistiría Alvaro porque la corpulenta noruega había terminado por crearle problemas graves. Sin mala intención, desde luego. Lo que sucedía es que ella se levantaba todos los días a las siete de la mañana, cuando Alvaro, muy a menudo, no había logrado conciliar más de tres o cuatro horas de sueño. Abría la ventana de la buhardilla de par en par, completamente desnuda, indiferente a los rigores de ese comienzo de invierno, que se anunciaba crudo, y hacía veinte minutos largos de gimnasia sueca. Alvaro, con las defensas bajas, había contraído una pulmonía, cosa seria a sus años, y ahora estaba tirado en su camastro, entre la vida y la muerte, y sin asistencia alguna, porque la noruega, al fin, había encontrado a un galán más joven, de mejor salud, un patán melenudo, con aspecto de pintor de paredes, y había emprendido el vuelo. *¡Finis* Alvaro de Rivas!

Hubo un brindis en su homenaje, y alguien propuso ir esa tarde a hacerle una visita y llevarle víveres. Apoyo moral y víveres. Salí del departamento de la calle Sainte-Beuve cuando hacía ya mucho rato que estaba oscuro, cerca de las ocho de la noche, y había comenzado a caer nieve: la oscuridad y la nieve de los comienzos de un interminable invierno. Habíamos consumido el galón de Johnnie Walker entero, además de varios litros de vino. La zarandeada olla común había sido raspada hasta el último grano de arroz con azafrán. Hacia las cuatro y media de la tarde, en mi recuerdo más bien confuso, había llegado un escultor cubano, un mulato alto y fornido, de dientes blancos y pocas palabras, y había sacado de alguna parte unas pelotillas de color marrón que parecían pasta de chocolate, o calugas, y que eran, en realidad, *hasch,* haschich, la droga de Baudelaire, de los simbolistas y de su numerosa y revoltosa descendencia. Lo fumamos en una pequeña pipa de cerámica que circuló de mano en mano, en un silencio que se había vuelto religioso, mientras avanzaba el crepúsculo y las sombras se difundían sobre los escombros del almuerzo. Sé que hablamos de nuevo de Alvaro, y que alguien, abnegado, partió a socorrerlo. Yo, de regreso a mi casa, llamé por teléfono a María Luisa, y la operadora, en esos tiempos aún no existía el discado directo internacional, me dijo que no respondía nadie «*à Santiago du Chili*».

«Insista», supliqué, «es un departamento bastante grande», pero nada. Debía de haber salido de fin de semana. ¿Con el desgraciado del arquitecto? Me llené un vaso de whisky hasta la mitad y resolví que no iría por ningún motivo a una cena del cónsul general y su esposa, que celebraban cumpleaños o algo por el estilo. Todavía estaba, creía, en condiciones de dar una disculpa cualquiera por el teléfono, una gripe con fiebre alta, pero la verdad es que la lengua, llegado el momento, se me trabó bastante.

—¿No quieres que te llamemos un médico? —preguntó, con ingenuidad, la esposa del cónsul general, y yo le respondí, modulando las palabras con súbitas y abrumadoras dificultades, que no era necesario, que a la mañana siguiente seguro que me sentiría bien, que le deseaba un cumpleaños muy feliz.

—No es el cumpleaños mío —explicó ella—, es el de Juanjo.

—A Juanjo, entonces —le dije, con la lengua hinchada, sumergida en saliva pegajosa, y colgué sin atinar a despedirme. Abrí un cajón con llave, tambaleándome, y saqué la pistola Walter que había adquirido cuando estaba de cónsul en Panamá, hacía tres o cuatro años, y se habían producido graves disturbios callejeros. Puse el cargador con sus balas, con manos vacilantes, y pensé: «Aunque no haya disparado una sola vez en mi puta vida, tendría que bastar con quitar el seguro y apretar el gatillo». ¡Qué más! Abrí las ventanas, con la idea absurda de hacer un ensayo disparando al aire, pero me abstuve. Entonces me coloqué el cañón de la pistola dentro de la boca. El gusto frío, casi viscoso, del acero me produjo náuseas. Si apretaba el gatillo en esa posición, no corría el menor riesgo de que el tiro saliera desviado. Me levantaría la tapa de los sesos sin error posible. Apreté los labios alrededor del cañón y tuve la sensación difusa de haber realizado un simulacro homosexual. «Por eso me abandonas, María Luisa», me dije, consciente del sesgo de tango arrabalero que tomaba la situación. Dejé la pistola en una mesa de arrimo, temblando, y fui a buscar un vaso grueso, de cristal cortado. En esas circunstancias no se podía beber el whisky en un vaso cualquiera. Tampoco se podía beber un whisky cualquiera. Abrí una botella de etiqueta negra, y me di el trabajo de echarle hielo y un poco de agua Perrier. ¡Sí, señor! En seguida, pensé en la cara del agregado militar, del capitán de bandada, del gordo tercer secretario, de Justiniano de la Estrella, de la señora del cónsul. Marqué el número de Martine Darcey y no contestaba. ¡Cómo iba a contestar, a las diez de la noche de un sábado! Quedaba un recurso extremo: Nathalie. Invitar a Nathalie a devorar un kilo de caviar fresco y ofrecer después un buen cuadro plástico a sus vecinas lesbianas. Alvaro habría canturreado, sin la menor duda, ¡Na... tha... lie! Si es que hubiera estado todavía en condiciones de canturrear. Pero tampoco el teléfono de la musa de la generación del cincuenta respondía. Es probable que estuviera dedicada a trabajar para el marqués de S., que necesitaba una o dos mujeres diferentes todas las noches y que la empleaba de asistente a cambio de un módico sueldo y de unas botellas de vino de sus dominios particulares. Ella misma me lo había contado esa primera noche: como la cacería diaria se hacía pesada, ella, conocedora del ambiente artístico y bohemio, aparte, quizá, me dije, de otros «ambientes», le prestaba al señor marqués una ayuda de calidad inestimable.

Me propuse, en vista de todo eso, dar una vuelta por la Rue Vavin, pero, al tratar de levantarme del sofá de cuero, comprobé que las piernas simplemente no me obedecían. La Walter, entretanto, tendida contra el barniz fino, esperaba. Acaricié la culata con mano lenta, cuyo temblor había disminuido, o disminuía en contacto con el metal frío y duro. ¡Qué tanto esperar! Tambaleándome mucho, apoyándome en el respaldo del sofá de cretona para no caerme, volví a llenar hasta la mitad, otra vez con etiqueta negra, el vaso de cristal noble. Me partí la frente contra la arista de un mueble hasta sacarme sangre, pero conseguí regresar y dejarme caer como un saco de papas en el centro del sofá.

Desperté con la cabeza tumbada, con un hilo de saliva que me bajaba por la comisura de los labios y me manchaba la chaqueta, ante el ruido insistente y estridente del teléfono.

—¿Qué te habías hecho? —pregunté, al reconocer la voz de María Luisa—. Te llamé y no contestaba nadie.

—Había ido con la Carolita a almorzar a casa de tu madre, como todos los sábados.

—¡Bah! —dije—, se me había olvidado la diferencia de horas.

—¿Ya estabas durmiendo?

—Me había quedado dormido —reconocí.

—¡Pobrecito! —exclamó la voz—. ¡Qué aburrido estarás!

Llegaba en el Air France del martes siguiente, con Carolina, que se había repuesto de sus enfermedades y hablaba mucho, en su idioma enrevesado, de su próximo encuentro conmigo.

—¿Y cómo estás tú? —gritaba María Luisa—. Tengo la impresión de que sigues durmiendo.

Yo ya estaba perfectamente despierto, y miraba esa siniestra pistola encima de la mesa barnizada.

—¡Es una noticia fantástica! —vociferé, antes de que la comunicación se cortara—. ¡Estoy feliz! ¡Dichoso!

María Luisa, que nunca se había fijado mucho en los gastos de la vida cotidiana, en el teléfono, en la electricidad, en esas cosas, le había pasado el fono a Carolina y le pedía que me dijera algo. Yo escuchaba un vago balbuceo, y me imaginaba una mirada, unas burbujas de saliva. «¡Mi amor!», aullaba, sin miedo de hacer el ridículo, de que mis alaridos se escucharan en el departamento del lado: «¡Mi gordita amorosa!».

154

Alvaro de Rivas superó su crisis y entró en un ritmo de vida más tranquila, algo más mesurada. Contó en los cafés de Montparnasse que estaba dedicado a escribir una novela, en francés, *naturellement!*, pero si uno le preguntaba por el tema, contestaba con evasivas, o se ponía a canturrear. «Una novela no es algo que se pueda contar por teléfono», decía otras veces, y razón no le faltaba. Fue invitado a casa, en compañía de algunos miembros de la embajada, y demostró un curioso talento para la conversación ligera, para los cumplidos, para los chistes de salón. No sé si era un artista de la palabra, en cualquier idioma que fuese, pero sabía manejar situaciones cotidianas, triviales, con un arte consumado. Se hizo rápidamente amigo de María Luisa y de Carolina, y creo que yo, con mis complicaciones, pasé a segundo término. Un año después encontré a Nathalie en Montparnasse, conversando en una esquina con una vieja excéntrica y con un par de chascones flacuchentos, y me pareció que se había convertido en una hippy completa, con aspecto un tanto famélico, y que apestaba. Supuse que ya nadie le proporcionaba caviar ni nada que se pareciera, y que su marqués libertino probablemente había desaparecido del mapa. Yo, por mi parte, no estaba para aventuras, a pesar de que María Luisa, como siempre, me mantenía en ascuas, o precisamente por eso. Había comenzado a recibir llamados de medio mundo, mañana y tarde, y solía ausentarse durante horas que no terminaban nunca.

—¿De dónde vienes? —le preguntaba yo, con los nervios deshechos, y ella, candorosa, contestaba: de un desfile de modas, de un té donde la señora del cónsul, de una visita al taller de la Irene Domínguez, de una subasta en el Hotel Drouot...

—¿Una subasta en el Hotel Drouot?

—¿Te parece raro? No hay nada más entretenido y

más instructivo que una subasta en el Hotel Drouot. ¡Nada en el mundo!

Vi a Martine Darcey de lejos en la primavera siguiente, durante los sucesos de mayo del 68. Yo estaba en una esquina del Boul' Mich', en la condición fría, triste, del espectador, y ella pasó en el primer desfile importante, en el más grande de todos, el que juntó a los estudiantes con los políticos y los obreros, vociferando y levantando el puño izquierdo, blandiendo en la mano derecha uno de esos carteles que proclamaban «Prohibido prohibir», hablando a gritos con los vecinos, roja de excitación, y riéndose a carcajadas.

«*C'est une excitée*», había dicho alguien en alguna de las tertulias de Montparnasse, y yo había concordado para mis adentros, pero no me había parecido que la crítica, como tal, fuera válida. Supe que, después de los acontecimientos había partido a Nueva York y que estaba dedicada por completo, ¡oh, sorpresa!, a obras de caridad pública. Trabajaba con singular entusiasmo, me dijeron, en una organización especializada en rescatar y educar a niños sin hogar. Y yo, que habría podido darme con ella, ¡si no hubiera sido tan cretino!, baños de espuma...

Pocos días después de nuestro regreso a Chile a mediados de 1969, me encontré con De Rivas en la calle Ahumada, donde canturreaba y miraba pasar a la gente, las manos en los bolsillos, con cara de despistado. Nos abrazamos con emoción, con una especie de complicidad no confesada. Entramos al primer bar y pedimos sendos dos pisco sauers dobles.

«Cada día de mi vida que no paso en París», sentenció Alvaro, con solemnidad, con énfasis, con algo de tristeza profunda, «es un día que pierdo.»

Lo imaginé en las veredas y en las terrazas de Montparnasse, en medio del torbellino humano, con sus noruegas exhuberantes y sus excéntricos amigos pintores, en plena y gozosa expansión de su personalidad. Ahora me contó, al paladear el segundo pisco sauer, que había viajado a la costa a visitar al Poeta, ¡a Pablito!, y que el encuentro se había desarrollado bastante mal. «¿Sabes lo que me dijo? Ya que eres escritor, me dijo, ¿por qué no escribes?» Dejó el pisco sauer en el mesón y se llevó la mano a la frente, con gesto de pesadumbre, como diciendo: «¡Qué idea más vulgar, más pedestre, más pequeño burguesa! ¡Qué noción más ordinaria de la literatura!». Contó que había leído algo suyo, en alguna revista o en otra parte, sobre los años en el Extremo Oriente, cuando habían viajado juntos, y que las cosas nunca habían sido como él las contaba.

«¡Las cosas fueron completamente diferentes!», exclamó, con pasión intensa, y se negó a explicar, después, a pesar de mis insistentes preguntas, en qué había consistido esa diferencia.

Alvaro vendió unos cuadros de pintores chilenos que había conseguido coleccionar a lo largo de su vida y que estaban guardados en la bóveda de un banco y así pudo regresar a París. Los vendió a tiempo, algunos meses antes del triunfo de Salvador Allende en las elecciones presidenciales, suceso político que derrumbó los precios de la pintura y de muchas otras cosas. Yo, mirado con cierta suspicacia por las autoridades allendistas del Ministerio, en parte por mí, porque después de haber sido de izquierda en mi juventud había votado ahora por Alessandri, y en parte, supongo, por los devaneos de María Luisa, fui destinado como consejero de la embajada de Chile en Ottawa. No estaba tan mal, después de todo. Estuvimos cinco años en Ottawa, regresamos a Chile y fuimos destinados al Japón. De Alvaro recibía en forma muy espaciada, cada dos o tres años, noticias más bien imprecisas. Era, por lo demás, el campeón de la imprecisión, de la vacilación, de los claroscuros que no se resolvían ni en luz ni en sombra. Al final triunfaron los agregados militares, triunfó también, aunque en apariencia sea contradictorio, el Poeta («¡el pobre Pablito!»), y Alvaro se disolvió en el aire o en el humo. Me contaron, durante una breve pasada por París, que había muerto hacía poco en un asilo de ancianos de la *banlieue*. Había dejado unos fragmentos de memorias en castellano, un par de capítulos de novela en francés y algunos cuentos ingleses, además de sus consabidas «manchas». Dos o tres de sus amigos fieles, entre ellos un músico chileno desconocido y un cubano que vendía seguros, estaban dedicados a reunir estas cosas y pensaban sacar un libro. Lo hacían en silencio, en sus horas libres, con dinero de sus bolsillos, mientras se erigían monumentos al Poeta y se le prodigaban los homenajes por todas partes. Así tenía que ser, al fin y al cabo. El Poeta había dejado sus huellas en la tierra, donde había residido, y Alvaro en el limbo, en los puntos suspensivos. No había querido seguir los consejos prácticos de su amigo de la juventud y había pagado las consecuencias.

Yo, a todo esto, estoy jubilado y vivo en un departamento del barrio alto de Santiago, en la calle Carmen Silva. Carolina, la Carolita, se casó con un diplomático filipino, que ahora es delegado de su país en las Naciones Unidas, y tengo dos nietos y una nieta filipinochilenos. María Luisa, después de tantos avatares, ha envejecido conmigo y está más tranquila. Todavía recibe llamados por teléfono de medio mundo y se ausenta de la casa con frecuencia y durante largas horas, pero sus ausencias carecen, sin duda, del misterio de antes. Para bien y para mal, digo yo. ¡Para mejor y para peor!

Se abre la puerta de mi departamento y se divisa, al fondo, contra la luz del balcón, un conjunto de plantas de diversas formas y diversos tonos de verde, salpicado de flores rojas, amarillas, blancas. En su edad otoñal, María Luisa ha seguido cursos y ha perfeccionado sus conocimientos de botánica. Conversa con las plantas durante horas, las arregla, las poda, las riega, y da la impresión de que ellas le responden con simpatía. Crecen para todos lados y florecen lujuriosamente. Si uno hace girar la vista más a la derecha, encuentra un muro ocupado por una gran mancha de Alvaro de Rivas. Me la trajo de París su autodesignado albacea, el músico chileno Bernardo Arias, uno de los que está dedicado, como ya dije, a reunir sus escritos dispersos en un libro. Acepté la mancha con gusto, pero tuve que decirle que no conservaba nada, ni una carta, ni una línea, ni una fotografía: sólo el recuerdo de unos ojos, de unas piernas de zancudo, de unos canturreos. A veces contemplo esa mancha y la leo con arbitrariedad y con gusto: vislumbro una cara esfumada por aquí, un horizonte amarillento por allá, un insecto, araña, ovillo de lana medio suelta, por la esquina de la izquierda abajo. Se parece al juego de formar una mancha de tinta, doblar la página e interpretar después, en la figura simétrica creada por el azar, los signos del destino.

«Violeta Quevedo y Alvaro de Rivas», le digo a María Luisa, «tenían mucho en común.»

Ella se encoge de hombros. Es ocho años más joven que yo y no se alcanzó a interesar en las novelas ingenuas, levemente delirantes, de las hermanas Salas Subercaseaux, que firmaban como Violeta («por lo humilde») y Quevedo («por lo que veo»). En seguida sospecho que Bernardo Arias, el músico, se habría ofendido si hubiera escuchado mi comparación. Yo me limito a sonreír, solitario, pero menos descontento, más resignado que antes, mientras evoco unas pupilas desteñidas, unas patas de zancudo o de marioneta que se desplazaban por los adoquines nocturnos de Montparnasse, un canturreo incierto.

Calafell, junio de 1992

El Amigo Juan

Se produce un vínculo, un viaje imaginario, entre la orilla izquierda del Sena, ahora en los alrededores de la torre Eiffel y del puente de l'Alma, y dos espacios que llamaremos metafísicos: las primeras calles del barrio de Ñuñoa, en Santiago, hacia el sur de Francisco Bilbao y no lejos de la plaza Pedro de Valdivia, y una costa central parecida a la región de Cartagena vista en un sueño. El mozo que confunde a Vicente Huidobro con el notario de Tejas Verdes representa lo más auténtico de la tradición chilena. No podemos combatir contra él: su seguridad es tan sólida como su respeto por los caballeros y su desprecio por los poetas melenudos. Si dice que están frescos los erizos y recomienda acompañarlos con determinado vino blanco de tal marca y de tal año, conviene seguir su consejo al pie de la letra. Y no lo olvidemos: toda semejanza de sucesos, lugares o personas con la realidad, aquí como en las demás historias, es mera y pura coincidencia.

Yo estuve más de diecisiete años, casi dieciocho, exiliado en la ciudad de Berlín. En otras palabras, me tocó Berlín: West Berlín primero, y en los años finales, después de la caída del Muro, Berlín a secas. La historia que voy a contar, sin embargo, no tiene nada o casi nada que ver con Berlín. Es una historia de París, donde viví y trabajé desde comienzos de la década del sesenta, y, sobre todo, es una historia de rincones más o menos olvidados, o quizá, tan sólo, imaginados, de Santiago y de la costa central de Chile. Y es una historia que tiene que ver con el sentimiento de la nostalgia, que puede llegar a ser enfermizo, destructivo, y que durante los años de mi exilio en Berlín, si no me destruyó del todo, me mantuvo en un estado de permanente depresión, de salud incierta, de cuasi asfixia. Sentía que ese destierro era una desgracia inconmensurable, una condena atroz y definitiva. Ya verán ustedes que ahora, de regreso en Chile, no estoy tan seguro. Ya no estoy muy seguro, en realidad, y a raíz de mi regreso, de ninguna cosa. Perdí las convicciones, o, si ustedes quieren, las ilusiones de antaño, y no he podido reemplazarlas. Me pregunto si los encuentros extraños, los paseos insólitos que hice a los pocos días de volver a Chile, que hice o que me hicieron hacer, no están relacionados con ese fenómeno. Se trataría, en dicho caso, de un episodio de nostalgias y de pérdidas, de cataclismos internos.

Mientras viví en Berlín tuve muy pocas ocasiones de volver a París. Sólo una, para ser exacto: un congreso de arquitectos que duró tres días, a fines del año 79, y al que fui invitado gracias a la sugerencia de un colega peruano piadoso. Digo «piadoso» porque el peruano, amigo de mis buenos tiempos, conocía mi estado anímico, y porque soy consciente (al fin aprendí a convivir con esa conciencia) de no ser ninguna eminencia en el oficio. En Berlín conseguí trabajo en una firma importante, pero ahora, cuando hago el balance, compruebo que sólo me confiaron obras que podríamos llamar tercermundistas: una tienda de frutas exóticas, el pabellón latinoamericano de una feria artesanal, un albergue de iglesia destinado a refugiados turcos... ¡Esas cosas!

En el famoso congreso de París, aunque me había propuesto hacerlo, no tuve ni un solo minuto libre para ir a L'Ami Jean. ¿Por qué L'Ami Jean?, dirán ustedes. Porque almorzaba ahí por lo menos una vez a la semana en la década de los sesenta, y porque soy hombre de costumbres, y de obsesiones, de fijaciones sentimentales. Pues bien, sólo ahora, en vísperas de mi regreso definitivo a Chile, he podido pasar por la Ciudad Luz, por la vieja Lutecia, y cumplir con éste y con algunos otros deseos. Asuntos estrictamente personales. Si ustedes quieren, caprichos: visitar el taller de Eugène Delacroix, en consideración al propio Delacroix, desde luego, pero también a su amigo Charles Baudelaire y a la plaza Fürstenberg; tomar un desayuno tardío, de día domingo con fuerte resaca, en La Coupole; caminar hacia la una de la tarde de ese mismo domingo por el bosque de Santa Cucufa, y almorzar un día cualquiera de la semana, «un día sin orígenes», en compañía de un versificador talquino convertido en latinoamericano parisiense de pura cepa, en L'Ami Jean.

Me produjo una sensación de bienestar, de seguridad,

166

un placer tranquilo y profundo, comprobar que nada en L'Ami Jean, por lo menos en apariencia, había cambiado. Fui en busca de esa sensación, sin decirle una palabra al poeta de Talca, y no salí defraudado. En el mesón atendía el mismo mesonero, con la misma edad de antes, y hasta me pareció que sus parroquianos, alegres y bulliciosos antes, también eran los mismos. Imaginaciones, o más bien, confusiones. Había transcurrido el tiempo suficiente para que el mesonero, el que destapaba las botellas, el que combinaba el licor de cassis con el vino blanco por medio de gestos tan armoniosos, como un maestro del arte de la pantomima, fuera hijo del otro, el de la década del sesenta, y hubiera adquirido ya la misma calvicie y los mismos rasgos mofletudos y ligeramente hinchados. Al fin y al cabo, una mañana en que entré a L'Ami Jean en lo mejor del mes de mayo de 1968, cuando parecía que la ciudad entera se iba a quedar sin sus adoquines, ¡debajo de los adoquines estaba la playa!, el otro ya se veía cansado, ojeroso, desbordado por los acontecimientos, como si el *champagne* festivo, el *kir* amable, el *dry martini* de las grandes travesías, hubieran perdido su significación en forma brusca.

El mesonero, mientras hablaba con un par de clientes y agitaba una coctelera, me hizo un guiño de saludo, como si yo fuera cara conocida, y también saludó al poeta de Talca y de París con lo que me pareció un asomo de burla. Estilo de la casa, pensé. En las paredes había las mismas raquetas para el juego de pelota, las mismas fotografías de pelotaris de comienzos de siglo, los mismos trofeos de otros tiempos. Ya digo que la permanencia, la ausencia casi absoluta de cambios, detalle que se hacía extensivo a los manteles de cuadrados rojos y blancos, a los jarrones de vino de la casa, de madera bien torneada y con refuerzos de cobre, a la composición e incluso la caligrafía de los menús, literalmente me fascinaban.

Hasta creí reconocer al muchacho flaco, de nariz aguileña, que puso la panera en la mesa con un movimiento rápido, y a la joven rubia, regordeta, de brazos rosados, que nos preguntó si ya estábamos preparados para ordenar el almuerzo y sacó su bloc de apuntes. Tenía un brillo encima del labio superior, una expresión estólida, encantadoramente estólida, orejas pequeñas y de un rojo encendido. No podía ser la misma de los años sesenta, sin duda, y sentí la tentación de preguntarle por su madre, pero al fin no lo hice. Su actitud, su tranquilidad, su mezcla de atención y de relativa indiferencia, eran todo un homenaje al hecho sucesorio, al cambio dentro de cauces intemporales, al espíritu de orden.

—Ya ves —dije—, cuando se llega a las verdades más elementales, a la cocina, al vino, a la salud, a la paternidad y la maternidad, la Revolución tan amada, tan idolatrada, se nos muestra como un histerismo, una agitación estéril, una imprudencia. El torbellino pasa, y el orden natural de las cosas tiende a restablecerse.

—Compruebo que regresas a Chile —comentó Aristóbulo, que así se llamaba, por raro que parezca, el poeta, frunciendo los labios en una forma muy suya, entre meliflua, dubitativa, irónica— con ánimo archiconservador, casi reaccionario.

—¿Y no es ésa la renovación de que se habla tanto?

El bardo talquino volvió a plegar sus labios untados de miel.

—Quiero —dijo entonces, volviéndose a la paciente muchacha— la terrina de pato, como entrada, y en seguida, *ensuite*, el *poulet à la basquaise*.

Fue, pues, una grata experiencia de inmovilidad, de búsqueda seguida del correspondiente encuentro, de arribo a puerto seguro. Un par de niños revoloteaba entre las mesas, con discreción, hacia el fondo del local, como en los buenos tiempos, y Aristóbulo imaginó, con probable acierto, que los niños de mi época eran la muchacha y el muchachón de ahora, que habían engendrado, a lo mejor, a esos otros niños, quienes a su vez engendrarían a otros, como en las enumeraciones bíblicas.

—Mientras tú te dedicas a engendrar palabras, y visiones exóticas, leyendas sobre buenos salvajes para uso de europeos, y mientras las teorías a las que nos aferramos tanto, en nombre de las cuales hicimos tantos desmanes, se desmoronan una detrás de la otra...

El poeta asintió, y admitió, de paso, que en el bistró mío cocinaban con maestría y con sabiduría dignas de aplauso. Si él llegara a confeccionar sus versos con habilidades equivalentes, estaría arreglado, ¡salvado para la gloria, o para la gloriola!

—¿Y no has pensado en hacerte escritor francés, como el inefable Alvaro de Rivas?

Por supuesto que lo había pensado. Pero había llegado a la conclusión de que ese proyecto, siempre fracasado, por lo demás, era propio de generaciones anteriores. Capté el curso de su pensamiento y le di a entender que ser poeta sudamericano, en el mundillo del París de ahora, se había convertido en una profesión como cualquier otra. A él, además, lo ayudaba la cara. Contaba, como dicen los franceses, con *le physique du rôle*.

El poeta de Talca y de París era hombre de muchas aguantaderas. No le faltaba sentido del humor. Mientras escuchaba mis comentarios, sonreía y sorbía su vino, y después del café, en compensación, comprendí, por mis pachotadas, se pidió un *cognac* de buen precio. Me preguntó por mi teléfono en Chile, ya que pensaba ir de vacaciones, y a recargar las baterías, y le dije que lo averiguara en las oficinas del arquitecto Fulano. Yo ni siquiera conocía mi paradero definitivo. El regreso a mi tierra era un viaje a lo desconocido, a la total aventura, a la posible noche.

Tres o cuatro días después de haber cruzado el océano Atlántico y alrededor de una semana después de ese almuerzo, todavía desorientado, desubicado, diciéndome que los años no habían pasado en vano, dudando, incluso, durante fracciones de segundo, de la sensatez de mi decisión, descubrí que vivía a muy poca distancia de la antigua plaza de Pedro de Valdivia, y sentí el impulso imperioso de volver a visitar la casa de Ricardo González, donde nos reuníamos a fines de la década del cuarenta, a las siete de la madrugada, ¡en la prehistoria!, a traducir un poema dramático de Lord Byron, el *Don Juan*, si la memoria no me engaña. El grupo estaba formado por Ricardo, que tenía un padre anciano, ya tocado por la edad, veterano de la guerra del 79 y que se pasaba escuchando el *Adiós al Séptimo de Línea* en un disco enteramente rayado, tan rayado como su propia cabeza cana, distraída y siempre protegida por una boina vasca; por Emilio Ruggieri, que era hijo o hijastro de un italiano rico, industrial del cuero, y que estudiaba filosofía en el Instituto Pedagógico, y por mí, que ya cursaba el segundo año de Arquitectura, pero que no había sabido renunciar todavía a la ambición de ser poeta. Ricardo González, que se contentaba con la lectura y con la crítica, aparte del interminable parloteo, terminaba pedagogía en Castellano y hacía una tesis eterna sobre el uso de la metáfora en la narrativa criollista. ¿Qué pito tocaba Lord Byron en todo esto?, preguntarán ustedes. ¡Ninguno!, respondo yo ahora con la perspectiva del tiempo. ¡Exactamente ninguno! Queríamos saberlo todo, meternos en todo, e igual nos dábamos atracones de poesía romántica inglesa, de ópera de Ricardo Wagner, de jazz de Nueva Orleans, de vino de siete tiritones. Era la juventud, la dorada juventud que se manifestaba, con su inextinguible sed de todas las cosas.

Me acordaba bien de la casa de Ricardo, un caserón

de madera acribillado de torres, balconcillos, volutas, galerías cerradas por vidrieras, pequeñas terrazas, en medio de un gran jardín que siempre estuvo, hasta donde llega mi recuerdo, más o menos abandonado. Había una pileta sucia, de mosaicos rotos, visitada por matapiojos, por tábanos, por insectos que nadaban a duras penas o que se ahogaban con lentitud, donde alguna vez nos habíamos bañado, y había bicicletas medio inservibles tiradas en un galpón, y prados donde el pasto empezaba a ser derrotado por la maleza. Hacia el fondo, bastante lejos de la casa, porque el sitio era grande, dos nísperos frondosos ofrecían su sombra protectora, y un palto daba unas paltas arrugadas, enanas, que nos comíamos con cáscara y todo, con un poco de sal, y que eran increíblemente sabrosas, de una consistencia y un sabor que no he vuelto a encontrar nunca en la vida. También había un par de ciruelos, además de un gallinero hediondo, tapado de plumas y de mierda de gallinas, y de unas cuantas jaulas de conejos.

Calculé, por deducción y por las vagas indicaciones que me dieron en la casa de mi tío materno Juan Enrique Fernández, donde me alojaría durante los primeros días y donde creían que alojarme era un acto de condescendencia única, puesto que yo, exiliado del régimen del general Pinochet, no podía ser otra cosa que un revolucionario de horca y cuchillo, que el antiguo y sublime caserón de Ricardo González no podía estar a más de seis o siete cuadras de distancia, y emprendí la marcha un día en la tarde, en horas en que el calor de comienzos de enero amainaba un poco y en que todavía, sin embargo, no circulaba casi nadie por la calle. Sabía que Ricardo daba clases en alguna universidad perdida del Medio Oeste de Estados Unidos, pero quería ver su casa de nuevo, y quizás encontraría a alguien que me diera noticias suyas.

Tuve una primera sorpresa, la comprobación de que había una trampa de la memoria en algún lado, porque la topografía del barrio, combinada con mis recuerdos, muy precisos en algunos aspectos, pero dominados por una especie de confusión primaria, original, me llevó a constatar que el caserón no se encontraba en la misma avenida Pedro de Valdivia, donde yo creía recordarlo, sino en una calle corta y paralela situada más al oriente, y no en el lado norte de la plaza, como estaba completamente seguro al iniciar la búsqueda, sino a dos o tres cuadras de distancia por el lado sur, es decir, más allá de la avenida Bilbao y hacia la región de Ñuñoa. Una propiedad con techos de cerámica verde, convertida en algún instituto de enseñanza privada, y el grueso tronco de un jacarandá que ocupaba el centro de la calle, al fondo, y cuyas raíces rompían los pastelones de cemento y hasta los muros de un jardín vecino, me llevaron a identificar el lugar con casi total certeza. Las tejas de color verde brillante eran inconfundibles, y el tronco hinchado y derrengado. ¡Qué diferencia, sin embargo, con mi llegada después de más de veinte años a L'Ami Jean, donde todo era tan fácil de reconocer, donde nada se había movido de su sitio, donde parecía que el tiempo se había detenido! ¡Quién me había mandado volver a este mundo de la inestabilidad, de la inseguridad, del vértigo! ¡Este Nuevo Mundo siempre fracasado, siempre abandonado de la mano de Dios! Para que mi tío Juan Enrique Fernández, y sus hijos, y toda su parentela, y hasta su cocinera descaderada y gruñona, creyeran que yo debía golpearme el pecho y entonarles himnos de agradecimiento y alabanza por el resto de mi vida...

Me acerqué al tronco del árbol, que se veía más hueco que antes, y pisé un pastelón que vacilaba en su base. Me pareció recordar el olor a humedad y a raíces podridas. Sólo que antes era un soplo, algo que apenas se insinuaba, y ahora brotaba de adentro con una fuerza de materias descompuestas, de alcantarillas en mal estado. Miré, entonces, para dejarlo atrás, por entre las ramas colgantes, y ahí estaba el sitio, con los cimientos rotos de lo que había sido el caserón de Ricardo, con una tina de baño devorada por la herrumbre y hundida entre la maleza al lado de un resto de muro, con los dos grandes nísperos, allá lejos, y el fantasma decrépito del palto, que ya no daba, sin duda, esas maravillosas paltas arrugadas y enanas. Quise acercarme a él, de todos modos, y en esto intervino, como intervino en el caso de mi visita a L'Ami Jean, al Amigo Juan, una de mis debilidades cardinales, a saber, la gula. Porque soy curioso, y soy, además de curioso, goloso. Para qué lo voy a negar. Caminé pisoteando la maleza, estropeándome unos pantalones adquiridos en el KaDeWe de Berlín en vísperas del viaje, y creí divisar restos de los discos de setenta y tantas revoluciones que escuchaba don Ricardo, el veterano, y platos rotos pertenecientes a un servicio en el que yo había comido sopas y charquicanes más de una vez, y una rueda de bicicleta con los rayos torcidos, objetos cuyo estado de conservación era inferior a los mínimos exigidos por el Mercado Persa o por cualquier mercado de esta tierra. Me vi tendido debajo de esos nísperos, borracho como cuba, mientras Ricardo y Emilio Ruggieri, menos borrachos, pero tambaleantes, y sacudidos por una risa sofocada, me daban a respirar el amoníaco que habían ido a comprar de urgencia, asustados por mi color transparente, a una botica de Pedro de Valdivia. Había sido un loco cumpleaños de Ricardo, ocurrido cuando acometíamos los primeros versos del canto segundo del poema byroniano y festejado con botellas de vino que él subía desde unas bodegas secretas, y que Ruggieri, después, había complementado con unos espumantes de las cavernas de su padrastro, peligrosas burbujas que me habían derribado.

Descubrí, sorprendido, que los nísperos todavía estaban buenos, cargados con frutos que se habían pasado sin que nadie los cortara, y me pareció advertir hacia el fondo, detrás del esqueleto de lo que había sido un armario, entre los destellos que proyectaba en la luz de la tarde un espejo destrozado, un movimiento, una figura desharrapada y flacuchenta, de cara tiznada, greñas en indescriptible desorden y ojos vivaces, una chica que espiaba, se escondía detrás de esa selva, en las cercanías de un gran tubo renegrido y acribillado, erosionado, y volvía a asomar su mirada intensa, como si su curiosidad fuera superior a su recelo, a su desconfianza instintiva. Avancé con decisión y la figura se quedó inmóvil entre los desperdicios las malezas, el muro descascarado del fondo. «¿Me tienes miedo?», le pregunté.

Era una niña de unos trece o catorce años de edad, vestida con una falda rota, de un color negro sucio, y una blusa sin mangas, medio rota en las axilas y que dejaba ver por ahí sus pezones oscuros, incipientes. Estaba en cuclillas y respiraba con ritmo acelerado, con ojos fijos, con las rodillas menudas en tensión, como liebre acorralada que espera el momento de dar un salto y emprender la carrera.

Repetí la pregunta, y la chica pareció cavilar un segundo antes de hacer un gesto lento de negación.

«¿Vives aquí?», le pregunté, y ella, después de examinarme con los ojos en forma detenida, curiosamente tranquila, me mostró el gran cilindro de hierro agrietado y carcomido. En el interior alcancé a divisar un par de mantas apolilladas y unos papeles de diario que podían servir para cualquier cosa, para protegerse del frío nocturno, para tapar los hoyos de las paredes, para hacer fuego. Era el último ser humano que ocupaba los antiguos espacios de Ricardo González: una inquilina incierta, que parecía brotar de la maleza. Tenía, debajo de la mugre, rasgos bonitos, y su mirada era, en verdad, de una vivacidad sorprendente. Se puso de pie, puesto que ya no sacaba nada con esconderse, y sus brazos flacos, casi raquíticos, colgaron a los costados de su cuerpo.

—¿Por qué se metió p'acá?

—Porque vine mucho a este lugar. Hace muchos años. Y quería verlo de nuevo...

La niña me miró con cierto asombro, con un aire vago de reconocimiento.

—¿Y me quiere echar, ahora?

—¡No! ¿Por qué te iba a querer echar? Te digo que no tengas miedo...

Ella caminó unos pasos y se apoyó en el tubo. Podría haber sido el cilindro gastado de alguna fábrica cercana, el tambor de un camión de transporte, quizá qué. No me imaginaba cómo había podido llegar hasta lo que fue el jardín de los González. Sólo el tiempo lo podía saber, y a lo mejor el palto, y los prolíficos nísperos. El largo desuso, y su posición semihundida en la tierra del fondo de la propiedad, entre cosas heterogéneas y plantas silvestres, le daban un aspecto individual, casi un soplo de belleza. Recordé viejas ilustraciones de libros de Dickens y de otros autores del pasado: una niña desharrapada junto a una vivienda inverosímil, la quilla de un barco invertido, provista de una ventana y de una chimenea.

«Sólo falta el mar como telón de fondo», murmuré, y ella se encogió de hombros con brusquedad, como si la mención del mar le hubiera provocado un escalofrío. Sus brazos eran bien proporcionados, a pesar de su delgadez: ya tenían formas redondeadas, femeninas, igual que sus pantorrillas y sus tobillos. Usaba unas zapatillas increíblemente viejas, con hoyos en los dedos, sin cordones, y tuve que admitir que en su cara tiznada y en sus ojos, salvo que yo estuviera perturbado, había algo enigmático y profundo, algo que atraía. ¡A lo mejor era una bruja disfrazada de niña, un demonio niño!

—¿Cómo te llamas?

Dijo que se llamaba Nora, nombre poco frecuente en las poblaciones marginales, y volvió a preguntar si había venido para echarla. Era una persona curiosamente tranquila, segura, con algo desafiante en su actitud, pero saltaba a la vista que cuando se trataba de su vivienda se ponía en guardia. Le insistí en que no, le aseguré que no había ningún motivo para que me tuviera miedo, le hablé, para tranquilizarla, de mis visitas frecuentes a la casa de antes, de Ricardo, de las paltitas arrugadas.

—Son super sabrosas —dijo ella—. Y los nísperos...

—¡No puede ser!

—Sí —dijo—. Yo me alimento con eso, y con algunas de estas malezas, que se pueden comer de lo más bien. Además, si quisiera, sembraría papas, pero pelarlas y cocerlas es demasiado aburrido.

Yo miraba las ramas esqueléticas del palto y las hojas miserables, polvorientas, con la boca abierta, y me preguntaba cuáles, en esa selva en miniatura, serían las malezas comestibles. ¿Me hallaba frente a una loca, a una mitómana, a una delincuente juvenil, o a una hippy precoz?

—¿Quiere que nos asomemos un rato al túnel? —propuso la niña.

—¿Ya se te quitó el miedo, entonces?

—Nunca le he tenido miedo —dijo, moviendo la cabeza con la mayor convicción.

Hice un esfuerzo para no pisar las mantas, que ocupaban todo el suelo arqueado del cilindro, y ella, que lo notó, dijo que las pisara no más, que no importaba. Sin duda que no importaba mucho, puesto que estaban inmundas y rotas por todos lados. Yo cavilaba sobre mi notable capacidad de perder el tiempo, de meterme en aventuras absurdas, en momentos en que tenía urgencia de organizarme, de concretar mis posibilidades de trabajo. A mi edad, y en esos días decisivos, me dejaba arrastrar de la punta de la nariz por una hippy adolescente. ¡Quién lo habría creído! Y sin embargo, era la historia de mi vida, el resumen, la culminación extremada y desgraciada.

Ella, a todo esto, armada de una linterna chica, se había internado mucho en ese callejón oscuro.

—¡Para! —le dije—. No sigas. ¿Adónde me llevas?

—El que podría tener miedo ahora es usted —dijo ella, retomando el diálogo de hacía pocos instantes—, señor arquitecto —ya le había contado, entre otras cosas, que tenía esa profesión—, pero ligerito se le va a pasar.

Era verdad. Hubo un momento de verdadero miedo: el cilindro metálico se hundía en la tierra y parecía que no iba a terminar nunca de hundirse, a pesar de que entraba aire fresco por algún lado. El suelo se veía relativamente despejado, sin mugre ni escombros. Quise preguntarle a dónde me llevaba, pero ella avanzaba muy rápido, con sus piernas menudas y ágiles, y tuve que concentrarme en la tarea no muy fácil de seguirla. A esas alturas, o en esas profundidades, mejor dicho, no me quedaba más remedio. De lo contrario me habría quedado en una boca de lobo, y sin luces de ninguna clase, porque nunca llevo encendedores o fósforos desde que dejé de fumar. ¡Qué disparate! ¡Qué cara habría puesto mi tío Juan Enrique!

Mis ojos, entretanto, se habían acostumbrado a la oscuridad, y noté que a los costados del tubo, ahora que estábamos bastante adentro, había objetos heterogéneos, en su mayoría de metales nobles, y que brillaban. Distinguí, por ejemplo, un incensario que parecía de plata maciza, un Cristo de madera con las extremidades rotas, un largo vestido de terciopelo rojo.

«¡Oye!», grité, con toda la fuerza de mis pulmones, «¡Nora!», porque mientras miraba esas cosas y me decía que eran, sin duda, productos de latrocinios suyos, ella había seguido avanzando, internándose en una oscuridad que se ponía cada vez más espesa. Me pareció vislumbrar otros tesoros más al fondo, objetos más grandes y todavía más inútiles, un lampadario turco, un biombo de un mal gusto atroz, con garzas doradas y nubes azulinas en bajorrelieve. «¡Nora!», insistí, «¡por favor!»

Ella se detuvo durante unos segundos, me hizo señas con la linterna ínfima, que apenas conseguía disipar la negrura, y siguió su marcha. Me abrí dos botones de la camisa, porque de repente, a pesar de que el aire se había puesto más bien frío, creí que me ahogaba. ¿Cómo podía haberme embarcado en una excursión tan absurda? Sentí deseos de tirarme al suelo y de llorar, de patalear como un niño taimado. La salida, sin embargo, tenía que estar muy cerca, y opté por caminar más rápido, consciente de que había caído en una trampa, como cualquier gringo ingenuo, desinformado, y de que el asunto podía costarme muy caro. Ella debía de ser una de esas delincuentes juveniles y perversas que prosperan en estos tiempos. Cuando llegáramos a un rincón propicio, iba a sacar un cuchillo, me iba a degollar con toda tranquilidad, con una bella y maligna sonrisa, y después iba a despojarme de mi reloj viejo y de los tres o cuatro mil pesos que llevaba en la cartera.

«¡Nora!», repetí, y pensé que a lo mejor estaba en un sueño, pero los pies me dolían, y a veces chocaba contra las paredes del tubo y me rasmillaba la ropa. No era ningún sueño, por desgracia. Yo me había acostumbrado sin darme cuenta a la civilización europea, a su estabilidad, a su orden, y había regresado sin tomar ninguna precaución, sin adquirir los reflejos que protegen a la gente de aquí. Daba un primer paseo por el barrio, como Juan

Buenas Peras, y me cocinaban, me hundía en arenas movedizas. ¡Qué joder! Decidí ponerme a dar gritos, ya que el ruido siempre ha servido para espantar a los ladrones, pero la voz no me salía. Entonces vi que la niña había dejado de correr y me esperaba. Estaba un poco menos oscuro, como si ya nos encontráramos cerca de la salida, y ella no me dio la impresión, ahora, de querer hacerme daño. Al llegar hasta ella noté que estaba agotado, cubierto de sudor, con palpitaciones, con la sensación de que podía sufrir un ataque de un momento a otro. Si no había calculado los efectos del cambio de mundo, tampoco había calculado, el muy pelotas, los de la edad. Y ella, mirándome por encima del hombro, con sus pelos desgreñados, sus brazos frágiles, sus pechos incipientes, se veía bellísima. ¡Había que reconocerlo!

—Ya pasó lo peor —dijo, con la sonrisa más encantadora, como si hiciera ese recorrido todos los días, y me tomó de la mano, mirándome a los ojos con expresión entre cariñosa y tomadora de pelo—. Se ve que usted no hace mucho ejercicio —agregó, y tuve que admitir que sí, y que a pesar de ser una persona flaca, se me había formado en los últimos años una panza redonda bastante notoria, un barrilito de grasa en la parte baja de la barriga.

—Ya vamos a llegar —advirtió, apretándome la mano—. Estése tranquilo.

—¡Qué raro! —exclamé.

—¿Qué le parece tan raro?

Lo que me parecía raro, rarísimo, era escuchar un graznido de gaviotas y un ruido de resaca, de olas bajas y continuas que avanzaban, se superponían, se entrecruzaban y formaban remolinos, como si el túnel, de manera enteramente inexplicable, desembocara en una playa.

—No tengas miedo —insistió ella, que ahora parecía dominar la situación por completo, y que incluso había pasado al tuteo con la mayor naturalidad, sin que yo mismo me diera cuenta.

Salimos a la arena en un punto donde había mucho cochayuyo reseco y donde abundaban los pájaros: gaviotas, pelícanos, patos, y muchedumbres de pájaros pequeños, de patas finas, que corrían hacia el mar con el retroceso de cada ola, con movimientos mecánicos y marciales, como si fueran de juguete, y que después, cuando las olas regresaban, huían despavoridos. Ya había luces en las casas de un promontorio, en dirección al sur, pero el sol se había puesto hacía muy poco rato.

—Nos perdimos la puesta de sol —dijo ella—, pero está muy bonito, de todas maneras —y me hizo señas para que la siguiera mientras trepaba a saltos por unas rocas.

Yo no podía más. Me temblaban las piernas y el pulso y tenía la sensación de que iba a desmayarme. Por algún motivo, sin embargo, estaba obligado a seguir a esa loca en cada uno de sus desplazamientos. ¿Hasta dónde íbamos a llegar? Si ella se hubiera lanzado al abismo, me habría costado mucho detenerme en la orilla, a pesar de que la conocía desde hacía menos de dos horas.

—Siéntate —ordenó, y me señaló un hueco a su lado, una ondulación rocosa que parecía conocer de memoria. Estaba sucia, más que sucia, inmunda, y en su agitación había transpirado y olía a sudor. Eso sí, ante la luz del crepúsculo, confirmé que su perfil era extremadamente bello. Notó que la miraba y me miró a su vez con sus ojos grandes, que recogían en el fondo de la retina los arreboles rojizos del horizonte. «¿Quién diablos eres?», me pregunté, y llegué a encontrarle un parecido curioso con la niña que se desplazaba junto a las mesas del fondo, cerca de la cocina, en L'Ami Jean, la de la semana pasada, en París, y la de hace treinta años. «Estoy empezando a caer por una pendiente», me dije, «cuesta abajo en

180

la rodada, y lo más grave es que no me doy ni cuenta, o me doy y no me doy.»

Ella, que daba la impresión de adivinarlo todo, me tomó del brazo, sonrió y me preguntó:

—¿Y tú? ¿Cómo te llamas tú?

—¿Yo?

Sonreí, a mi vez, entre irónico y desconcertado, porque cuando le había preguntado su nombre, no había esperado que me devolviera la pregunta con tanta soltura de cuerpo. Clasismo, quizá, mezclado con una buena dosis de machismo.

—Sebastián de la Cruz.

Ella apretó los labios, como si ese «de la Cruz» añadido al nombre de pila fuera un lujo excesivo, toda una extravagancia.

—¿Qué quieres? Todo el mundo tiene un nombre y un apellido.

—Yo no —dijo ella, y comprendí de inmediato que mi observación había sido perfectamente estúpida.

Ella me demostraba que había muchas cosas en este mundo que yo ni siquiera sospechaba que existían. De todos modos, le pregunté con la mayor delicadeza que pude, pero con evidente majadería, que cómo se llamaba su madre.

—Mi mamá nos abandonó cuando yo era muy chica —dijo—. Nunca supe cómo se llamaba.

—¿*Nos...*?

—Sí —dijo—. A mi papá y a mí.

—Sabrás cómo se llama tu papá, entonces.

—Pedro se llamaba, pero nunca me dijo el apellido.

—¿Y qué fue de él?

—Lo mataron.

—¡Lo mataron!

Su papá, contó la niña, había entrado a robar a una casa desocupada de por allí, porque era ladrón de profesión, explicó ella, el verano pasado, y uno de los vecinos oyó ruido, se asomó con una pistola, lo persiguió hasta el fondo del jardín, y en ese lugar, como su papá no había podido saltar por la pared, que era demasiado alta, lo mató. Ella estaba durmiendo en el tubo, pero sintió el disparo y corrió a ver. Mientras corría a todo lo que daba tenía un presentimiento pésimo. Encontró a su papá tendido de guata en el suelo. En la mano tenía un clavo con que había tratado de defenderse («Un clavo así», dijo, separando el índice y el pulgar de la mano derecha) y por la boca le salía un chorro de saliva.

—Y tú, ¿qué hiciste?

¿Qué quería que hiciera? Llegaron otros vecinos, y unas viejas en bata, con las caras llenas de crema, chillando, y una pareja de carabineros, y los vecinos le daban la mano al señor que le había disparado a su papá, que tuvo que pasarse la pistola a la otra mano para poder devolver esos saludos, y que volvía a contar a cada rato cómo había pillado al ladrón y lo había hecho mierda («Así decía»), mientras las viejas, tomadas de la mano, se acercaban al cadáver de su papá, se agachaban y como que lo husmeaban y lo miraban fijo, le miraban los ojos clavados, que parecían de vidrio, y la pocita de saliva junto a la boca. «No lo toquen, señoras», pedía uno de los carabineros, y el otro iba a buscar unos papeles de diario para taparlo.

—¿Y tú?

Ella estuvo mirándolo un rato, escondida detrás de unas matas, pero después decidió volverse a su refugio.

—A ti no podían hacerte nada —dije. Ella me miró, y yo supe que esa afirmación era otra estupidez mía. ¿Por qué razón sentiría uno, contra toda lógica, esos deseos compulsivos de sostener estupideces?—. Perdona —agregué, ordenando con ternura sus greñas negras encima de su frente pálida, y ella apoyó su cabeza, piojenta y per-

182

fecta, en mi hombro. Yo desprendí su brazo del mío con la mayor suavidad, le rodeé la cintura delgada, de avispa, y en seguida, por perversidad, por desahogar mi tensión, por lo que sea, metí la mano por el hueco de su blusa sin mangas y toqué su axila húmeda y un poco hedionda.

—No me hagas cosquillas —dijo, y entonces cogí entre dos dedos su pezón derecho, que era firme y elástico, y ella se limitó a mirar el mar, como si el asunto no tuviera mucho sentido. Intenté después meterle una mano entre los muslos, con la idea disparatada de acariciarla en una zona más íntima, pero ella me mantuvo a raya con una fuerza acerada y a la vez tranquila, que no le daba mayor importancia a esas cosas.

—Vamos —dijo de repente—, ya se hizo tarde, y no creo que las pilas de mi linterna vayan a durar mucho.

Propuse que tomáramos un bus a Santiago y ella me miró con expresión de perplejidad. Insistí en lo del bus. No íbamos a regresar por ese tubo del infierno, cuya boca, ahora, se veía más estrecha que antes, porque había sido cubierta en poco rato con arena y desperdicios.

—Nos separamos aquí, entonces —dijo ella. Traté de retenerla, pero partió a la carrera y me hizo desde lejos, antes de internarse, una señal de despedida.

«¡Qué chicoca endiablada!», exclamé entre dientes. ¿Se habrá molestado conmigo? Me sentía solo y un poco angustiado, además de ridículo. ¿Quién me mandaba andar por esa playa desierta, y a esas horas? Caminé rumbo a las luces del sur y me encontré muy pronto en un paseo marítimo descalabrado: faroles con los vidrios rotos y en su gran mayoría sin luces, barandas de hierros retorcidos y carcomidos por la sal, pavimento lleno de hoyos, inundado por toda clase de filtraciones. Unos tipos que tomaban cerveza en un boliche oscuro me miraron con apatía, con ojos de tortuga, y eso me hizo comprender que mi presencia en esos parajes, después de todo, no era tan insólita. Se trataba, al fin y al cabo, de lugares de esparcimiento, de recreación honesta. Entré a una farmacia que continuaba abierta, a pesar de la hora, compré un jabón, una escobilla de dientes, una máquina de afeitar desechable, y me dirigí a un hotel de madera pintada de verde que se levantaba en un extremo del paseo, en un montículo rocoso, colgado encima del mar. Tenía las palabras «Hotel Oceanic» inscritas en grandes caracteres sobre la madera, negro sobre verde, y recordé que Teófilo Cid y algún otro miembro del grupo de La Mandrágora, en épocas remotas, hablaban de ese lugar, de sus habitaciones con ojos de buey y de sus erizos al matico acompañados de vino blanco. No podía ser otro que el Hotel Oceanic legendario, donde se decía que Vicente Huidobro había leído su *Monumento al Mar* recién escrito, recién salido del horno, a una concurrencia escasa y selecta. Ahora se hallaba, sin duda, en la más ruinosa de las decadencias, pero yo, de todos modos, apuré el paso con entusiasmo, como si hubiera encontrado una tabla de salvación en medio de realidades hostiles. En contraste con lo demás, ese hotel, por lo menos, era vagamente familiar para mí, como una cara conocida en una reunión con gente extraña e imprevisible.

Todo era más pequeño y más modesto que la imagen que habían dibujado las palabras de Teófilo, subrayadas y aplaudidas por las de la Cata Undurraga, en alguna tertulia de los años cincuenta, y en lugar de erizos había unos locos chicos y duros como palos, que me costaron, sin embargo, una fortuna, pero las camas, con sus colchas acanaladas de color azul marino y sus colchones desfondados, no estaban tan mal para una noche, aparte de que el mar, a través del ojo de buey y bajo la luz de la luna creciente, en el punto donde el oleaje comenzaba a hincharse antes de arremeter contra la playa, estaba lleno de una magia que me arrebataba, que me dejaba con la boca abierta. Al día siguiente quise llamar temprano a mi tío Juan Enrique para que no se alarmara por mi desaparición, pero parecía que todos los teléfonos de esa costa, los públicos y los privados, se hallaban fuera de uso, con los cables arrancados de cuajo por una horda que había pasado y había desaparecido. Me ofrecieron para la hora de almuerzo unas jaivas que todavía pataleaban, negras y peludas, y una vieja de dos o tres kilos, recién sacada de las aguas, pero yo apuré mi taza de Nescafé y corrí a tomar el bus de Santiago, que se había detenido en la esquina de una plaza en pendiente. Mi tío Juan Enrique Fernández iba a pensar que me había pegado una farra de aquéllas, y era mejor que lo pensara, después de todo, y que yo guardara un silencio un poco misterioso, el silencio del sujeto que tiene una buena historia que ocultar.

—Podrías avisar, por lo menos —dijo—. Con tanta delincuencia y tanto terrorismo que ha traído tu famosa democracia...

—Traté —dije, dejando pasar el lado político de la frase—, pero todos los teléfonos estaban rotos.

—Y ahora hay que usar condones —agregó—, ¿sabías?

—Por supuesto. ¿Crees que vengo de la luna? ¡Condones reforzados!

Mi tío Juan Enrique movió la cabeza. «¡Qué huevón!», murmuró, y dio por superado el incidente.

Esa tarde dormí una siesta larga, profunda, y tuve sueños confusos, sueños que parecían transcurrir en aguas turbias. Al despertar no podía recordarlos, y me dediqué a leer los diarios de la mañana y a mirar la televisión. Sabía que si no encontraba trabajo pronto y me buscaba un lugar donde vivir, mi situación en casa del tío Juan Enrique entraría en crisis, pero en ese momento me sentía incapaz de hacer otra cosa. Recordaba la cabeza de la niña reclinada en mi hombro derecho y el corazón me latía con una intensidad desproporcionada. Entonces trataba de recordar su voz con la mayor precisión posible, pero había matices que no conseguía recuperar. La voz se ahogaba en alguno de los recodos de ese tubo oscuro, o se deshacía dispersada por el viento de la playa y por los graznidos.

Partí en busca del sitio a fines de la semana siguiente, no sé por qué razón no lo hice antes, quizá por miedo a ese túnel extraño y a la mano de acero de la niña, que no me permitía retroceder, y me encontré con lo que menos habría esperado. Porque durante esos días había imaginado miles de encuentros posibles, en la calle, a la vuelta de la esquina, detrás del jacarandá, o entre las malezas del fondo, encuentros tiernos u hostiles, en que la niña, Nora, corría y se colgaba de mi cuello, o en que huía hasta perderse, o en que me tiraba piedras y nísperos podridos, con cara de furia, con ojos desencajados, pero no me había imaginado ni por un instante, a pesar de los indicios que ofrecía la ciudad por todos lados, y en especial en estos barrios del sector Oriente, que me encontraría con el sitio convertido en una especie de campo de batalla, recorrido por trepidantes *bulldozers* que arrasaban con las ruinas de la casa de Ricardo González, obreros con cascos, ingenieros que desplegaban planos e impartían órdenes, personas que medían el terreno, camiones que se movían en marcha atrás junto al enorme tronco hueco, rozados por las lianas colgantes, y que después se alejaban y partían, lentos, cargados con los escombros. ¡Lo más lógico, dadas las circunstancias, ese «boom de la construcción» de que hablaban los diarios, y lo único, en la irrealidad, en la pasividad de mis ensoñaciones, que no había previsto! Me dirigí a un hombre gordo, que tenía aspecto de ingeniero.

—Señor —dije, y tragué saliva, abrumado por los sentimientos de culpabilidad, por la sensación de hacer el más absoluto ridículo—, aquí, antes de que llegaran ustedes, vivía una niñita de unos catorce o quince años de edad... Ella dormía adentro de un tubo que estaba por allá al fondo...

El hombre se dio vuelta y miró hacia donde yo señalaba.

—No veo ningún tubo —dijo.

—Es que ésta era la casa de un amigo mío, y yo la conocía muy bien.

—Pero se vendió hace muchos años, señor, y ahora vamos a construir un edificio de quince pisos.

—Y esa niña, ¿no habrá dejado su nueva dirección?

—No sé de qué niña me habla, señor.

—Una niña delgaducha, de pelo negro.

—Estamos muy ocupados, señor —dijo el individuo gordo, cuyo cutis estaba cubierto de manchas rosadas y que tenía pelos rojizos asomados por entre su camisa abierta—, ¿tendría usted la amabilidad de retirarse?

Cuando salía, le repetí mi pregunta a un par de obreros protegidos por cascos de color amarillo fuerte. Ellos se encogieron de hombros, se miraron y dijeron que no sabían nada. Creí percibir con el rabillo del ojo que el gordo levantaba un brazo y me señalaba con un grueso dedo índice. «No le den facilidades a ese jetón, a ese pelotudo», parecía decir.

Regresé de noche, calculando que los trabajos habían cesado, y calculé bien, pero habían cerrado el sitio en todo su perímetro. Me acerqué a un agujero en el muro de material liviano y divisé una casucha de madera que se levantaba en el lugar donde antes vivía ella. Un mastín negro que andaba suelto emprendió una carrera desaforada y se puso a dar saltos enormes frente al agujero y a ladrar y gruñir con entonaciones homicidas.

Regresé a la casa y mi tío Juan Enrique, en tono de

burla, me preguntó si esta vez me había ido mal. Jugaba a las cartas con tres amigos, en mangas de camisa y suspensores blancos, y en una mesilla tenía un vaso de té frío con una torreja de limón y una cajetilla de cigarrillos malolientes.

—¡Pésimo! —respondí.

—Así son las mujeres —dijo él, con aires de filósofo de barrio, y sus amigos se rieron.

—Me gustan los países —dije, irritado con ellos y con todo— donde las cosas no cambian tanto. Esto parece una gran empresa de construcciones y demoliciones.

—¿Dónde ves tantos cambios? —preguntó el tío Juan Enrique, después de probar su té amargo—. Nosotros cuatro, por ejemplo, seguimos iguales, sólo que un poco más viejos, y un poco más tontos...

—Paso —dijo uno de los compañeros de juego, y todos tiraron el naipe encima de la mesa, se rascaron, suspiraron, bostezaron, estiraron los brazos.

«¡Qué horror!», pensé yo. «¡Qué vida tan miserable!»

Al día siguiente anuncié que tenía una cantidad de entrevistas de trabajo, que no me esperaran a almorzar, ni siquiera a comer, y tomé un bus a la costa. No me costó dar de nuevo con esa playa, pero a pesar de que la atravesé de un extremo a otro cerca de veinte veces, no encontré el menor vestigio de la desembocadura del tubo, y desde luego, ni rastros de Nora, de la niña. ¿Con quién había estado, qué había pasado? Sólo quedaba el destello de sus ojos en el vacío más absoluto, y el tacto duro y a la vez elástico de sus pezones, aparte del peso ínfimo de su cabeza, que se había reclinado en mi hombro durante instantes tan breves.

Me saqué los zapatos y me mojé los pies en la orilla, con la idea de que así me bajaría un poco la fiebre. ¡Cuánto habría dado por pasear de nuevo por el mercado callejero de la Rue Malar, entre conejos colgantes y cabezas de jabalíes, por ir a uno de esos almuerzos en L'Ami Jean, por respirar esos aires, esos aromas! Pero había renunciado a mi trabajo, había cortado todas las amarras: con París, con Berlín, incluso con Chile. Porque en Chile, si examinaba bien las cosas, sin hacerme ilusiones, ¿qué sitio tenía, qué techo, qué amigos, qué familia?

Me fui de esa playa con una sensación ácida en la boca, dentro del pecho, y encaminé mis pasos a los comedores marinos del Hotel Oceanic.

«¡Sí, señor!», exclamó el mozo viejo, que me había reconocido, cuando le pregunté si ahora tenían erizos: «¡Fresquitos!».

Le pregunté si se acordaba de Teófilo Cid, pero sus neuronas gastadas no habían conservado ni el más mínimo recuerdo. El nombre de Vicente Huidobro sí que le decía algo, o pretendió que le decía algo, pero ensayó una descripción que no correspondía para nada al personaje. ¡El poeta de *Altazor,* el de *Monumento al Mar,* no era, no tenía nada que ver con el antiguo notario de Tejas Verdes!

«Entonces estoy confundido», admitió el mozo, que sin duda lo estaba.

El plato hondo rebosante de erizos que me colocó en la mesa con mano experta, aunque temblorosa, era, en cualquier caso, una perfecta delicia. Las exaltadas alabanzas de Teófilo y de los demás mandragoristas, pronunciadas en épocas remotas, en cafés desaparecidos de una Alameda que ya no existía, se justificaban plenamente, se desprendían del bullicio del pasado, de la proliferación caótica, como himnos triunfales.

Mi nombre es Ingrid Larsen

Un relato que derivó de un intento fallido de escribir mi crónica habitual de los días viernes. Yo estaba en esa esquina de Lastarria y Villavicencio, a la salida de El Biógrafo, cuando los soldados bajaron de los camiones, en la oscuridad, armados de metralletas, y acordonaron toda la calle. Era un espectáculo más o menos habitual, pero alarmante en la víspera del plebiscito que decidía la suerte del pinochetismo. Y hubo dos guatones apopléjicos, que respiraban como los peces recién sacados del mar, que me vieron en el cuarto de baño de El Parrón y empezaron a vociferar que Volodia debía de andar cerca. Es decir, los dos guatones, de cultura política confusa, pensaban que yo tenía que ser un rojo solapado y enrevesado. Pero digo demasiadas veces «yo», cosa que irrita a un tal Filomeno, que cada vez que habla de él escribe «nosotros» o «el que habla», y la verdad es que ese «yo» del relato, que para colmo de impudicia se llama Jorge, no soy yo. ¿Quién es yo, por lo demás?

En los largos días de la dictadura, y sobre todo en los días del plebiscito, Chile fue visitado por innumerables Ingrid Larsen. Uno pensaba que no entendían nada de nada, pero el relato, en su última vuelta, demuestra que captaban cosas que uno prefería ignorar. Y viceversa. La violencia existía, mal disimulada y a veces impúdicamente exhibida, pero también la política. Por eso fue posible encontrar soluciones políticas.

No conozco a ninguna mujer que se llame Natacha Méndez, pero ahora recuerdo que en mi juventud había una bella

193

heroína deportiva con ese nombre. Es lo que se llama un alcance de nombres, y una trampa de la memoria más profunda, o del inconsciente. Tengo el capricho de creer que si pongo, por ejemplo, Natacha Pérez, el relato deja de funcionar.

Celestino, el mozo, me deja los nombres anotados en una libreta grasienta, al lado del teléfono de la cocina. Yo, cuando hago un aro en mi trabajo, me paseo por el departamento. No puedo estar sentado mucho rato. Escribo en papelitos sueltos, en el salón, en la cocina, en el mueble de escribiente de mi sala, que me hace pensar en Bouvard y Pécuchet, los escribientes eternos. A veces salgo a la terraza y miro los árboles del Parque Forestal, o las cúpulas abovedadas del Palacio de Bellas Artes, nuestro Petit Palais mapochino. Después entro a la cocina para ver quién ha llamado. Ha llamado, según la anotación de Celestino, una tal Ingrid Larsen, periodista sueca. No hay teléfono ni indicación de hotel. Tengo que comprarme un contestador automático, me digo. ¡Cuántas veces me lo he dicho!

Después del almuerzo, mientras descanso y medito en la penumbra de mi dormitorio, con las persianas bajas y la luz del velador encendida, suena el teléfono. Descuelgo el fono.

—Soy una periodista sueca —dice una voz delgada, de registro alto, vacilante—. Mi nombre es Ingrid Larsen, y una amiga común de Buenos Aires, Natacha Méndez, me dijo que tenía que llamarte y conversar contigo.

—¡Natacha Méndez! ¿Qué ha sido de Natacha Méndez?

Me embarqué para comer esa noche con la sueca, en

una peligrosa *blind date*. Lo hice por Natacha Méndez, y por la voz delgada, que vacilaba, y quizá porque no tenía nada mejor que hacer. Ingrid Larsen era la escandinava típica: pelo de color de choclo, rubio álido, ojos azul celeste, piel muy blanca, labios gruesos y pintados al rojo vivo. Observé su cuerpo de reojo, al hacerla entrar a mi departamento, y recordé la expresión de un amigo de bares y andanzas: buena carrocería, carrocería sólida. Llevaba botas de gamuza lúcuma, de tacones filudos, del mismo tono de sus pantalones, y daba la impresión de caminar con dificultad. Parecía que pisaba huevos.

—¡Hola, Ingrid! —le dije.

—¡Hola, Jorge! —dijo ella, y pronunció «Jorge» con la incomodidad de los extranjeros, enredándose en la jota, en la erre, en la ge, mientras miraba los objetos de mi salón. Tengo una combinación de pintura de los años sesenta con muebles viejos y alfombras persas más o menos deshilachadas. Una figura desvaída de Roser Bru junto a una mesa frailera agusanada a golpes de taladro en los talleres de Cruz Montt. Es decir, para que nos entendamos: no son antigüedades sino antiguallas, vejestorios heredados de la familia. Con excepción del Roser Bru, desde luego, y de un paisaje lunar de George Elliot, y de una langosta de Alfonso Luco. Sospeché que ella había querido decir algún cumplido sobre la casa y que las palabras, al final, con justificadas razones, no le salieron. Daba la impresión de ser una persona avenible, que deseaba caer bien, pero a la vez tenía un ceño, una arruga obcecada entre ceja y ceja. Pensé, conociendo a Natacha Méndez, que me había recomendado como a un notorio intelectual del *no* en el plebiscito que venía, y que ella, ahora, sentía que había caído en la guarida de un burgués de mierda. De todos modos, quería que conversáramos. Le habían dicho que yo era una persona informada, bien conectada, bastante «objetiva». ¿Qué creía que iba a pasar aquí?

Sólo atiné a encogerme de hombros. Le dije que no tenía la menor idea. «En este momento estoy confundido», dije.

Tomamos un whisky bien cargado, no sé si para disminuir la confusión o para aumentarla, y salimos a comer al barrio de Bellavista, a La Divina Comida. Nos dieron una de las mesas mejores del Infierno, en un rincón, al lado de una ventana, y al poco rato entraron dos personajes conocidos acompañados de sus mujeres: un catedrático de historia, profesor en Canadá, que evolucionó con los años desde una posición que podríamos calificar de izquierda crítica hacia una derecha más o menos complaciente, y un abogado de grandes firmas y de gran familia, cuyo nombre había sonado, en los días anteriores a la designación de Pinochet como candidato a sucederse a sí mismo, como posible candidato de consenso. El historiador, amigo de viejos tiempos, se acercó a nuestra mesa, sonriente, irónico, suponiendo que me sorprendía en una de mis aventuras galantes. Ya no las tengo, quise advertirle, o las tengo mucho más espaciadas de lo que te imaginas. Nos saludamos entre bromas y palmoteos —con o sin dictadura, Santiago es la ciudad del palmoteo—, y entabló un rápido diálogo con la sueca. Sucedió que la sueca conocía mucho, y más que mucho, a juzgar por sus exclamaciones y suspiros, a un compañero de colegio del historiador que había ido a parar a Estocolmo, un tal Perico Mulligan, cuyo segundo apellido era castellano vasco, algo así como Mulligan Echazarreta.

—Y ese gallo, ¿qué hace en Estocolmo? —pregunté.

—Mira —respondió mi amigo—, para que te formes una idea... Perico Mulligan era el campeón de rugby de mi curso en el Grange School. Tenía auto de sport y casa con piscina a los quince años de edad. Después se metió a estudiar filosofía en el Pedagógico, nadie supo nunca por qué. Y a fines de la época de Frei, allá por el año 69, lo metieron preso por organizar un asalto mirista a un banco...

—¡Ah! —exclamé, reclinándome en mi silla del Infierno—. ¡Ni una palabra más!

El historiador había contado esto, una historia privada con algo de historia pública, en forma rápida, entre dientes, y creo que mi acompañante se quedó medio colgada. Cuando él regresó a su mesa, le pregunté a ella:

—Y tú, ¿dónde estudiaste?

—En Estocolmo, y también en París. Estaba en París en mayo del 68...

—¡Eres una veterana de las batallas del 68!

—Sí —admitió—, soy una veterana del 68 —y su voz, que modulaba las palabras castellanas con cierta lentitud, con una lentitud difícil, como la de su precario equilibrio en esos tacones filudos, se desgranó en una risa cantarina. En seguida se puso seria y repitió la pregunta que ya me había hecho en la casa—: ¿Y qué crees que va a pasar aquí?

Volví a decirle que no tenía la menor idea.

—Pero, ¿crees que el *no* puede ganar, como se imaginan los políticos de la oposición?

—El *no* —respondí— *puede* ganar.

Ella me miró en silencio, ceñuda. En seguida exclamó: «¡Pero eso es imposible, Jorge!». Lo afirmó de una manera tajante, inapelable. No se trataba de una simple imposibilidad coyuntural, sino de un hecho metafísico. Por ahí pasaban Platón y Aristóteles, y también pasaban Martín Lutero y Juan Calvino, con algún condimento, supongo, de Carlos Marx, pero en último término bastante escaso. Yo me limité a sonreír. Sentí algo así como un aleteo difuso detrás de las orejas: el soplo de la incomunicación.

—¿Así que crees, Jorge, que una dictadura puede organizar un plebiscito para perderlo?

Abrí las manos, como para pedir tregua. Tomé el tenedor y ataqué mis pastas rellenas con espinacas. Acompañadas de un Santa Digna tinto, delgado, pero aterciopelado, estaban de chuparse los bigotes.

Ingrid Larsen movía la cabeza con aire de conmiseración, convencida de que los chilenos éramos unos ilusos, o unos locos de remate, y confieso que llegó a contagiarme con esa convicción, al menos durante unas horas. En cualquier caso, celebró la comida con entusiasmo, agradecida, ya que su condición de veterana de asonadas callejeras no le impedía tener una educación de lo más tradicional, y al salir se acercó al historiador para despedirse. El encuentro de una persona que había conocido a Perico Mulligan en carne y hueso constituía, por lo visto, un episodio crucial de su visita a Chile. De eso no podía caber la más mínima duda. Tuve que tomarla del brazo para ayudarla a conservar la posición vertical sobre sus tacones, que se incrustaban en las malditas roturas del pavimento, y divisé las caras insidiosas de las dos parejas, que me seguían a través de los vidrios.

El encuentro que acabo de relatar ocurrió cuatro o cinco semanas antes del plebiscito. Ella partía al día siguiente a Concepción, viajaba después a Buenos Aires, de ahí regresaría a Santiago y me llamaría. «Si es que me permiten regresar», dijo, cosa que no entendí muy bien. Como no confiaba para nada en la visión de las cúpulas políticas santiaguinas, ni en la de los intelectuales de café, en cuya categoría supuse que me incluía, tenía que ir a terreno: visitar las poblaciones más desamparadas, llegar hasta el meollo de las provincias, participar en encuentros clandestinos con representantes de la ultraizquierda.

El lunes 3 de octubre por la tarde, a dos días del plebiscito, frente a las copas de los árboles del Forestal, a las luces lejanas de la Virgen del San Cristóbal, en un crepúsculo que había disipado, por fin, la pesadez polvorienta de un largo día, sentada en mi terraza, repitió la pregunta suya que llamaremos clásica, «¿Qué crees, entonces, Jorge, que va a pasar?», como si concediera que hasta entonces no le había respondido en serio, y puso una pequeña grabadora encima del cristal de la mesa, entre una tabla de queso mantecoso de Quillayes y un par de copas de vino blanco.

Le dije que la vez anterior todavía no terminaba de creerlo. Pensaba que el gobierno había conseguido su objetivo de asustar a la gente con la idea de la vuelta de Allende, «y como tú sabes, Ingrid, la percepción del allendismo en el interior de Chile es muy diferente de la que tú puedes tener desde la *rive gauche* de París, o desde Madrid, o desde una isla del archipiélago de Estocolmo...». Ella levantó sus ojos de color celeste pálido con algo que podía insinuar un temblor, una leve arruga sobre aguas quietas, y después se concentró en examinar el funcionamiento de la grabadora.

—¿Graba?

—Sí —dijo—, está grabando.

—Ahora, sin embargo, he llegado a convencerme de que va a ganar el *no*.

—¿Estás seguro?

—Si tuviera que apostar, apostaría a que el *no* gana, y por bastante...

En ese momento preciso las luces de todo el sector, que dominábamos con holgura desde mi terraza, parpadearon y terminaron por apagarse. Hasta la Virgen del San Cristóbal quedó sumida en la sombra, debajo de un cielo estrellado.

—¡Ves! —murmuró ella, con un acento que me pareció confirmatorio, casi triunfal.

—¿Qué?

—Se dice que van a provocar un apagón, como ahora, y que se van a robar las urnas con los votos.

—No es tan fácil robarse las urnas.

—¡Pero esto es una dictadura, Jorge! ¡Cómo no te das cuenta!

—Lo sé, Ingrid —le dije, palmoteándole una mejilla en la penumbra—, lo sé hace quince años.

Movió la cabeza con un gesto de impotencia, como si mi testarudez la agobiara, y yo, riéndome, hice exactamente lo mismo. Llené su vaso y el mío en la oscuridad. En ese instante empezaron a volver las luces. Al llamarme por teléfono, Ingrid había dicho que esta vez quería invitarme ella. Al restaurante que yo eligiera. Pero yo inventé un compromiso para excusarme. Aunque el trato con periodistas extranjeros podía ser simpático a veces, siempre terminaba por resultar abrumador. Sobre todo cuando llegaban del mundo desarrollado. Nunca dejaban de trabajar, desde luego: nunca dejaban de sacarnos el jugo. Y, para colmo, nos miraban desde su distancia, con una sonrisa sobradora, como si ellos fueran los civilizados, los que sabían, y nosotros unos buenos salvajes. Escuchaban nuestras divertidas respuestas, nuestras ingenuas teorías, condescendientes, y no nos creían ni una sola palabra.

Esperé a que bajara el ascensor, y me puse una chaqueta vieja, me peiné un poco, me eché un par de billetes al bolsillo. Caminé despacio a El Biógrafo, el café de la esquina de Lastarria y Villavicencio. Había soldados con ametralladoras en las calles, una atmósfera pesada. En El Biógrafo bebí otros vinos y comí en el mesón, entre gritos y codazos, en la incomodidad suma, algo que llaman «tortilla a la española», una bomba hecha de huevos, cebollas, chorizos. Alguien dijo que el complot estaba en marcha, y que parecía que el gobierno de Washington lo había parado. «Con la complicidad», dijo, «de uno de los comandantes en jefe.» «¿Lo habrá parado?», insinuó otro. Me palmotearon un hombro y me invitaron a un trago. «Ya es tarde para tragos», dije, de malas pulgas. «Gracias.»

Pensé que Ingrid Larsen llamaría el jueves por la mañana. Para felicitarme, tuve la ingenuidad de suponer, como lo hacían muchos amigos chilenos, o para comentar los resultados. Pues bien, no llamó durante todo ese jueves, un día en que los alrededores de mi casa se transformaron en un carnaval, y tampoco llamó el viernes. Llegué a preguntarme si no estaría disgustada, en el fondo, porque la realidad había desmentido sus teorías, pero era una buena chica, y sus sentimientos democráticos no admitían dudas. Después supe que las fuerzas especiales de la policía, al final de la celebración del día viernes en el Parque O'Higgins, las habían emprendido ferozmente contra los corresponsales extranjeros, con un saldo de heridos, contusos y máquinas fotográficas destrozadas. Llamé en la mañana del sábado al hotel, preocupado, y su habitación no contestaba. Volví a llamar a las siete de la tarde y su voz me respondió adelgazada, increíblemente frágil, tensa.

—Tengo mucho miedo —dijo.

—¿Por qué?

—¿No supiste lo que pasó con mis colegas de la prensa extranjera?

Había sido un castigo perfectamente premeditado, «una venganza contra nosotros». Ella había ido esa mañana a la población La Victoria y había notado que un automóvil de color blanco la seguía. En el vestíbulo del hotel, al regresar, había divisado gente rara, de expresiones torvas. Al ir a pedir su llave, le habían entregado dos mensajes de un tal señor Mulligan. ¿Mulligan? «Sí... Pensé que sería algún pariente de Perico, pero me pareció raro que no hubiera dejado un teléfono...» Y después, al entrar a su habitación, el teléfono había vuelto a llamar y ella había sentido miedo. Al descolgar el fono temblaba de miedo. Primero se había escuchado una respiración fuerte, unos pasos remotos sobre un suelo de tablas, música distante, y habían colgado. A los cinco minutos, de nuevo.

—¡Aló!

—¿Viste lo que les pasó a tus colegas, sueca conchas de tu madre? ¡La próxima vez no te vas a escapar!

Ella tocó todos los timbres de su cabecera, histérica, y pidió auxilio a la recepción. El descontrol le había hecho perder el castellano y le costó mucho darse a entender. La fue a visitar, por fin, un administrador de terno oscuro y corbata gris perla, que se inclinó y dijo que el establecimiento, señora Larsen, ofrece condiciones de seguridad absoluta. No podían impedir, naturalmente, que una persona llamara por teléfono desde fuera y dijera cosas desagradables, pero en el interior del hotel ella podía sentirse perfectamente tranquila. Le avisarían a la policía, ¡por supuesto! Pero el establecimiento se hacía plenamente responsable de su seguridad. ¡No faltaría más!

Cuando terminó de contarme esto, le dije que la esperaría en el bar del hotel a las ocho en punto. Que no se pusiera nerviosa. Las amenazas telefónicas, en este desgraciado país, habían sido cosa de todos los días.

Llegué al bar, un recinto semisubterráneo, donde dominaba la penumbra, sembrado de sillones en forma de corolas o placentas de cuero mullido, cuando faltaban dos minutos para las ocho. Ocupé una de las mesas bajas, con cubiertas de vidrio negro, y empecé a mirar los titulares de *La Segunda,* hundido en una de esas placentas adormecedoras. Ella, con su puntualidad nórdica, se instaló en el sillón del frente a las ocho en punto. Bebimos pisco sauer, picoteamos bocadillos untados en mayonesa y conversamos. Había una cosa, dijo, que ella no me había contado, y que explicaba su nerviosismo de ahora. Miró para los lados. Comprobé que estaba inusitadamente inquieta, ojerosa, estragada. Su mirada se detuvo durante una fracción de segundo en unos sujetos que ocupaban una mesa de un rincón más o menos oscuro. Guardó silencio y me pareció que tragaba con dificultad. Tragaba un bolo de aire, de nada.

Había venido por primera vez a Chile hacía cinco o seis años, en los inicios de los cacerolazos y de las protestas callejeras, y las autoridades la habían expulsado con cajas destempladas. Tres tipos parecidos a esos del rincón, explicó, tragando y tocándose el pecho con un dedo, habían golpeado a la puerta de su habitación de hotel, habían entrado a empujones, le habían dicho que tenía diez minutos para hacer sus maletas, mientras ellos esperaban en el pasillo, y la habían llevado en uno de esos automóviles blancos al aeropuerto. ¿Y por qué? Porque había escrito en los diarios de Suecia sobre las cosas que vio aquí: sobre las poblaciones hambrientas, las cárceles, los torturados, los desaparecidos. No era la única periodista extranjera que lo había hecho, pero no hay nada más impredecible que una policía secreta: escoge a una persona determinada, no se sabe por qué, quizá para que sirva de ejemplo, de escarmiento, y deja tranquilas a otras.

—Además, yo, en Estocolmo, había hecho mucho por los chilenos, y parece que la embajada informaba con lujo de detalles.

—No tienen otra cosa que hacer —le dije—, y si eres, además, tan amiga del Perico Mulligan ese...

Me miró por debajo de las cejas, como si se preguntara qué contenían mis palabras: burla, reproche, celos, qué. Me miró, y resolvió que podía continuar. Yo la conocía como Ingrid Larsen, pero su nombre completo era Louise Ingrid Gustafsson Larsen, y en la prensa de Estocolmo y en la radio de Gotemburgo firmaba sus despachos como Louise Gustafsson.

—Bonito —dije—, un nombre muy literario.

—Existe Lars Gustafsson —dijo ella.

—Y existe Louise Gustafsson.

Asomó en su cara, por primera vez, la sonrisa de los encuentros anteriores. Pues bien, había conseguido que un cónsul de su país le diera otro pasaporte. Nombre registrado: Ingrid G. Larsen. Premunida de ese documento semifalso, hipócritamente verdadero, digamos («como comprenderás, algo muy irregular para los hábitos de un funcionario sueco, pero por tratarse de Chile...»), y con un peinado diferente, con su pelo de color natural, porque antes se lo teñía de un castaño tirado a rojizo, había regresado a Santiago.

«Tenía un miedo espantoso, pero estaba loca por ver lo que iba a pasar.»

El empleado de la policía de inmigración pulsó unas teclas de su computadora, miró en la pantalla y timbró su pasaporte sin mayores trámites. Ella se sintió, entonces, perfectamente tranquila. Sacó la conclusión de que el país había cambiado: el incidente de su expulsión pertenecía a la prehistoria. Llegado el momento, consiguió las credenciales del Comando del No. Pensó, después, que también necesitaría las credenciales oficiales, para tener acceso al edificio Diego Portales, donde funcionaría la central gubernamental de cómputos, para entrevistar a gente de gobierno, para todo lo que se presentara. Fue, pues, muy oronda, a las oficinas de DINACOS, la Dirección Nacional de Comunicación Social. Ahí la atendió, detrás de un mesón, debajo de una fotografía del Presidente y Capitán General y Primer Infante de la Patria y Candidato Unico, una señorita anteojuda, que le pidió su pasaporte y dos fotografías. Diez minutos más tarde, o menos, «porque ellos atienden muy rápido, sin ninguna burocracia, ¿sabes?», volvió con el pasaporte y con una cartulina grande, llena de timbres, hecha para ser adherida a la solapa o colgada del cuello en forma bien visible.

—Para que las fuerzas especiales sepan a quién apalear...

Mi chiste sonó un poco lúgubre, y ella se limitó a recibirlo con un levantamiento de las cejas.

—Me levanté de mi asiento, recibí mi pasaporte junto con la credencial, y leí.

Leyó, en una caligrafía y una ortografía perfectas: Louise Ingrid Gustafsson Larsen. Se puso pálida, sintió que le faltaba la respiración, en esa antesala donde la gente circulaba y donde el retrato del Capitán General parecía presidirlo todo, y observó que los ojos de la señorita, detrás de los gruesos anteojos, permanecían perfectamente inmutables.

Bebí el concho de mi pisco sauer, llamé al mozo y le pregunté a Louise Ingrid si deseaba repetirse la dosis.

—Sí —dijo ella—, por favor.

—¿Y qué quieres? —le dije—. Ellos no son tan tontos.

Tomaba el avión temprano al día siguiente, y ahora, después de su segundo pisco, pensaba preparar sus maletas y ponerse a dormir. Encerrada en su habitación bajo siete llaves. Sólo cruzaba los dedos para que las voces telefónicas no volvieran a la carga.

La acompañé en el ascensor hasta el piso 15 y me despedí de ella, de beso en la boca, frente a su puerta. Me cercioré de que tuviera cierre de seguridad y le dije que lo pusiera, aun cuando en el hotel podía estar perfectamente tranquila. No la noté demasiado tranquila, de todos modos, mientras juntaba la puerta lentamente, sin desclavarme los ojos. Sentí el ruido del cierre y me alejé con pasos enérgicos.

Confieso que al salir a la calle me sentí aliviado. «¡Estas suecas!», confieso que pensé. Es una confesión que no habla demasiado bien de mí, pero ¡qué vamos a hacerle! Tenía el proyecto de irme a dormir, yo también, pero resultaba que soy un goloso sin remedio, un eterno hambriento, y en lugar de caminar hacia la calle Ismael Valdés Vergara, a la orilla del Parque Forestal, caminé rumbo al Oriente, cruzando a tranco largo la Plaza Italia. Caminar es mi único ejercicio, y me hace muy bien a la salud, de día o de noche, con alcohol en las venas o sin alcohol. Me acordé del viejo Parque Japonés y de las niñas del viejo Parque Japonés, las niñas Balmaceda del Río (por la estatua del Presidente, por el río Mapocho). Ahora no había niñas de bocas pintarrajeadas y había, en cambio, quizás, asaltantes agazapados entre los arbustos, de modo que prefería desplazarme por la vereda sur de Providencia. Las luces de El Parrón, que al fin y al cabo es uno de nuestros clásicos, estaban encendidas, acogedoras como siempre, y atravesé la calle para entrar.

Me instalé en la sala de la entrada, donde sólo comía un par de parejas silenciosas. Hice mi pedido, una porción de lomo liso, ensalada mixta, fondos de alcachofa, media botella de vino tinto, y fui al baño. Junto a los urinarios había dos tipos grandotes, mal agestados. Uno de ellos iba vestido de pana beige. Era alto, calvo, de cabeza roja, y tenía un suéter sucio y anteojos redondos. Noté de inmediato que me había reconocido y que me miraba con ostensible hostilidad.

«¿Llegó Volodia?», preguntó, y como su compañero lo miró con extrañeza, sin entender, insistió: «Volodia Teitelboim», y quería indicar con eso, claro estaba, «el rojo, el rogelio, el delincuente político». Supuse que a mis espaldas hacía un gesto para señalarme. Yo me concentré en mi prosaica tarea frente al urinario. Me lavé las manos y recibí la toalla de papel que me pasaba el encargado. El tipo, ahora, interpelaba al encargado por encima de mis hombros: «¿Sabes a qué hora llega Volodia Teitelboim? Porque tienen reunión aquí, por lo visto». Me sequé con el máximo de tranquilidad que pude reunir y busqué unas monedas, evitando cuidadosamente cualquier gesto que me traicionara. «Su propina es mi sueldo», rezaba un letrero escrito con rotulador negro sobre cartulina. Adiviné, al salir, las miradas que me seguían.

Justo en el momento en que llegaba mi pedido, los dos tipejos entraron a la sala y se instalaron a cuatro mesas de distancia. Yo mastiqué con dificultad. Traté de pasar la carne con un sorbo de vino. Un proyectil de miga de pan me golpeó en la oreja, y el golpe fue seguido de una carcajada estrepitosa. Me puse de pie, crucé el corredor central y entré al bar a buscar al administrador, pero me dijeron que ya no estaba. También yo, pensé, tengo que recurrir a los administradores, y los administradores recurridos se escurren... como anguilas. Le hablé al mesonero, que me conocía y que sí estaba en su sitio, manipulando botellas de todos colores, y me dijo que podían servirme en el mismo mesón, si yo quería, o en las mesas del bar. Ahí me dejarían tranquilo.

«¡Páseme la cuenta!», le ordené, furioso, y volví a la sala de la entrada a buscar mi chaqueta. El lomo se achicharraba en su parrilla y la ensalada mixta se ponía fiambre. Los dos tipejos masticaban a dos carrillos y no se dignaron mirarme. Uno de los mozos se me acercó, serio, con cara de circunstancias, y el mesonero, desde su refugio detrás del mesón, al otro lado del corredor, lo llamó y le dijo que no me cobrara.

—Deberían seleccionar un poco mejor a su clientela —le dije.

El mesonero hizo un gesto de impotencia. ¡Un

gesto que significaba muchas cosas, mucha historia!
—¿No se le ofrece un bajativo, por cuenta de la casa?
Ni siquiera me di el trabajo de contestarle. Tomé un taxi, porque ahora veía que la noche de Santiago no era tan segura. Nunca, en todos estos años, había sido segura, para qué estábamos con cuentos. «¡Pobre sueca!», murmuré, pensando que no le faltaba razón, después de todo, que había motivos de sobra para tener miedo, y que yo me había portado mal, egoísta, arrogante, y murmuré después: «¡Pobres de nosotros!».

In memoriam

Eliana Carvallo no es tan diferente, en el fondo, de Ingrid Larsen, pero viene de otro extremo de la experiencia contemporánea y reacciona con la visión limitada, obcecada, característica de su gente. Sospecho que cada una de ellas, desde sus respectivas antípodas, condenaría sin apelación a la otra, pero es posible que Eliana Carvallo no vacilara ante la pena de muerte, e Ingrid Larsen probablemente propondría, en última instancia, una pena más civilizada. En cuanto a Perico Mulligan, el mirista hijo de millonarios que asoma la cabeza en el episodio de Ingrid, habría podido pertenecer en su adolescencia al círculo del marido de Eliana, que años más tarde habría podido liquidarlo, o protegerlo, puesto que algunas lealtades pasaron por encima de las divisiones de nuestra guerra civil larvada. No creo que Ingrid entienda al personaje, producto de estratos profundos de la vida chilena, pero su fascinación frente a él existía y tenía un sentido. En cuanto a Eliana, la Eliana de los años noventa, con su carnalidad gruesa, algo triste, sospecho que perdona in extremis *la traición del narrador, que mira como una traición personal y también de clase, pero que atribuye a la vez, de algún modo, al inexplicable e incontrolable destino.*

Había vuelto, por fin, ¿después de cuánto tiempo? Estábamos en marzo de 1992 y yo había tenido que salir pitando en febrero del 74, a la playa de Los Queltehues, uno de los lugares míticos de mi juventud. Antes de eso, antes de esa ruptura terrible, no la había abandonado nunca en mi vida, ni siquiera en los inviernos largos y sombríos anteriores a la carretera panamericana y a la urbanización de las colinas. Llegábamos a caballo, en la niebla, y alguna mañana, al despuntar el sol, nos habíamos desnudado, habíamos cruzado a nado el canal correntoso, nos habíamos aferrado con desesperación, morados de frío, a los cochayuyos de la orilla, y habíamos subido a la Isla de los Pingüinos como Dios nos echó al mundo, tropezando de trecho en trecho con las galerías subterráneas que se desmoronaban y encontrando, de pronto, a un endeble, palpitante, conmovedor animalucho recién nacido.

Recordaba estas cosas, imágenes fragmentarias, piezas de un mosaico incompleto, mientras saboreaba un vino frío del valle del Maipo, Sauvignon Blanc, 1991, no sabía que ahora se indicaba la cepa y el añaje en las botellas chilenas, ¿punto a favor de la dictadura?, y mientras cavilaba sobre la destrucción de estos lugares, punto en contra de la dictadura, y hasta de la democracia y de todos nosotros. Ya me habían explicado que los motociclistas y los automovilistas areneros ahuyentaban a los pájaros, pelícanos, queltehues, patos y gaviotas de clases diversas, y que éstos emigraban, entonces, y entraban en lucha con los pingüinos por la posesión de la isla. El montículo marino amenazaba con transformarse en guanera y lanzaba nubes de hedor pestilente sobre la tierra firme y sobre la playa, donde los pájaros que corrían por el espejo de la arena mojada, en formaciones disciplinadas, y que de pronto, en una explosión de graznidos y de espuma, emprendían el vuelo, se veían suplantados por huellas de neumáticos, por botellas de plástico, por pajarracos sin gracia enfundados en buzos de colores chillones y que volaban desde los cerros en aparatos motorizados o en alas delta. ¡Qué cambio! ¡Qué desgracia irreparable! Y, desde luego, la gran chimenea del sur, la de la refinería de cobre, que ya se había levantado en los años de mi prehistoria, continuaba vomitando su columna espesa, que había mancillado el cielo de la costa por los siglos de los siglos.

Había vuelto de mi paseo por la playa con la sospecha molesta de que la compra de la pequeña casa de madera, el primer acto de alguna importancia que había realizado al regresar, había sido una equivocación, lo cual abría la posibilidad, todavía más molesta, de que el regreso mismo, y de que todo, por lo tanto, también lo fuera: una sucesión casi vertiginosa de errores garrafales. Levantaba las cejas, perplejo, me decía que la vida en Chile, para un chileno, tenía que plantear preguntas que en el extranjero nunca se planteaban (no podía sentir nostalgias, por ejemplo, de la costa del Mediterráneo anterior a las invasiones holandesas, suecas, alemanas, por la sencilla razón de que no la había conocido), y seguía con la vista una figura femenina, de mujer mayor, en bluyines, con esa panza un poco protuberante que hace que las mujeres mayores no se vean nunca bien en bluyines, a pesar de que esta figura precisa, delineada con nitidez frente al crepúsculo, conservaba unas piernas hermosas y tenía un aspecto general de mujer bien plantada, de buena cara y de cuerpo firme. Caminó hacia el sur, hacia un nubarrón que oscurecía esa parte de la playa, y después, empequeñecida por la distancia, resistiendo con fuerza la ventolera de la última semana del verano, emprendió el regreso.

Apuré mi copa de vino blanco y me lancé de nuevo, dando un salto desde mi terraza, a la playa. Estaba nervioso, además de aburrido, y tenía la sensación algo absurda de que la manera de caminar de esa señora me recordaba algo. No voy a venir a la costa de Los Queltehues, me decía, con montañas de trabajo atrasado, para dedicarme a conquistar a una señora sesentona, sobre todo después de haber descubierto que los bares y los cafetines del Santiago de 1992 estaban llenos de mujeres jóvenes, bien dispuestas y no necesariamente contaminadas por los males de estos tiempos.

Me hallaba en ese estado de ánimo particular, sin embargo, en que la cabeza ordena una cosa y las piernas deciden otra. La cabeza me ordenaba que volviera para escuchar los noticiarios de la televisión, puesto que habría comentarios interesantes, sin duda, sobre la cuasi expulsión del Ecuador o salida anticipada (ya empezaba a contagiarme con los eufemismos chilenos) del general Pinochet, pero las piernas seguían avanzando sobre huellas en la arena, bostas de caballo, cochayuyos y uno que otro pelícano putrefacto. «¡Se acabó todo!», exclamaba, con emoción, con un furor inquietante, y me imaginé que la señora miraba de reojo y me sorprendía hablando solo.

Cuando nos cruzamos bajo la luz que todavía subsistía después de la puesta del sol en el mar y a pesar de los nubarrones, me lanzó una mirada rápida y en seguida desvió la vista. Tenía cabellos entrecanos, ojeras marcadas, mejillas un tanto mofletudas, un poco de papada, y una frente, unos ojos claros, unas caderas inconfundibles. Inconfundibles, y que produjeron el efecto de confundirme por completo. También miré para otra parte y seguí mi camino, ruborizado como un colegial, con el corazón desbocado. Apuré la marcha, y al cabo de un par de minutos me di vuelta. La espalda era también inconfundible, y la manera de caminar. Había conservado su manera de caminar, que había sido famosa en un sector, reducido, claro está, del tiempo y del espacio, en forma casi perfecta. ¿Y cuántos años hacía? Hice mis cálculos y llegué a la conclusión de que dentro de pocos meses iban a cumplirse nada menos que cuarenta años. Volví a mi terraza, a mi botella de Sauvignon Blanc, a paso rápido, aplastando con mis zapatones de gamuza algas resecas y plásticos, arenas y huesecillos. Creo que hablaba solo como un enajenado, sin asco, y espero que sin vigilancia. Ya no sé exactamente qué decía. «¡Cuarenta años!», exclamaba, a lo mejor, golpeándome la cabeza con el puño cerrado, y quizá qué otras cosas. Era a fines de septiembre, o a comienzos de octubre, y ella había caminado junto a los prados del Club Hípico, entre los surtidores y el vuelo de los insectos, en la misma forma, pero sin desviar la vista, con los ojos clavados en mí, sonrientes, un poco burlones. ¡Qué aparición milagrosa! Yo estaba en compañía de Pedrito Saldaña, el Che o el Chino Saldaña, un amigo argentino que acababa de llegar de Buenos Aires para instalarse con su madre chilena en Santiago, y ambos examinábamos el programa de la carrera siguiente sumidos en un mar de dudas.

—¿No eres tú el primo hermano de la Gertrudis? —me preguntó la aparición, con la naturalidad más devastadora que uno pueda imaginarse.

—Sí —le dije, y también, supongo, me puse rojo, aunque menos rojo que ahora y en la playa de Los Queltehues.

—Tú no te acuerdas, pero yo te conocí en la casa de ella, un día que fui a tomar el té y que tú estabas allá con tu hermana. ¿Cómo se llama tu hermana, a propósito?

—Gertrudis, también.

—¡Ah, qué tonta soy! Si en tu familia todas se llaman Gertrudis, desde tu abuelita.

—Desde mi bisabuela —rectifiqué, y ella me miró a los ojos, no sé si con ganas de lanzarme una pachotada.

Después miró el programa y señaló un nombre con el dedo índice, adelantando la cabeza y dejando en descubierto una nuca preciosa, cubierta por un vello rubio y delicado, una pelusilla de oro.

—Apuéstale a ése —dijo—, *Limosnero*.

—¿De adónde sacaste ese dato?

—De mi marido —y apuntó con vaguedad a un sujeto alto, elegante, de pelo negro engominado y cara más bien huesuda, cetrina, terno cruzado y binoculares colgados sobre el pecho robusto, que hablaba en el centro de un grupo de hombres a gritos y que se reía a carcajadas—. Yo te veo siempre —prosiguió ella— en el Parque Forestal, hundido en tus libros, y con un abrigo gris oscuro que te llega hasta los zapatos. ¿Lo heredaste de la familia?

Esta vez me puse rojo hasta las orejas, como si me hubieran sorprendido en un acto vergonzoso. El Chino Saldaña, que era un poco más alto que yo, y que tenía un cutis pecoso, amarillento, y unos ojos rasgados que justificaban su apodo, hacía un movimiento sincopado con la rodilla derecha, como si estuviera sometido a ligeros golpes de electricidad, y le lanzaba miradas furtivas. Lo del abrigo había sido fulminante: era un abrigo viejo de mi padre, raído en las mangas, con el forro medio roto, pero de buena clase, y él, para colmo, al sacarlo de su armario y ponérmelo casi a la fuerza, le había dado tirones por todos lados, con inusitada brusquedad, como si así lo adaptara mejor a mi cuerpo, y había declarado con aire de triunfo, a gritos, dirigiéndose a una asamblea invisible, que parecía hecho a mi medida.

—A ver si nos encontramos una de estas mañanas —terminó la aparición. Me dio unos golpecitos en un brazo, con su sonrisa extaterrenal, y continuó su camino. El marido, a todo esto, se había acercado al lugar donde estábamos nosotros y seguía el paseo de los caballos con profunda atención, con expresión seria, de anteojos calados y con el programa abierto.

—¡Qué suerte que tenés! —murmuraba con voz vibrante, intensa, trastornado por la excitación, el Chino—, ¡qué bestia! ¡Con ésta seguro que te resulta!

Yo, con el dedo gordo escondido detrás de la chaqueta, le señalaba al marido, preocupado, y él insistía:

—¡Nada! ¡Seguro! ¡A ver si después me la pasás! —y se golpeaba la frente con la palma de la mano, a toda fuerza, como si no pudiera dar crédito a lo que sus propios ojos habían presenciado.

Le jugamos todo lo que teníamos, cerca de cien pesos, a *Limosnero*, un alazán tirando a tostado, corpulento, de remos poderosos, montado por un jinete cualquiera, un tal Ramón Quiroga. El Chino Saldaña no cesaba nunca de exclamar: «¡Qué suerte! ¡Qué bestia! ¡Qué hijo de la gran puta!», y de golpearse la frente, de darse codazos, de mover la rodilla derecha como un saltimbanqui. A mí me dominaba una sensación mezclada de nerviosismo, de miedo, de delirante exaltación.

Los caballos, un lote más o menos grande, partieron desde los mil seiscientos metros, acompañados por la clásica exclamación de las graderías. «¡Lo van a encajonar!», aulló el Chino al poco rato, con su acento bonaerense que llamaba la atención, pero él usaba en ese momento el par de binoculares bastante inútiles que habíamos llevado y tenía el compromiso de transmitirme la carrera en todos sus detalles. En la curva *Limosnero* se zafó de los palos y pareció que se abría demasiado, pero al avanzar en la recta final atropelló por fuera, huasqueado por el Ramón Quiroga con furia, ganó terreno con angustiosa dificultad, medio despaturrado, mientras el Chino y yo nos rompíamos la garganta, y demostró que era, a pesar de su falta de garbo, un alazán noble, de los sólidos, porque al llegar a la meta conseguía colocar media nariz de ventaja sobre *Treblinka*, la yegua negra que lo había seguido. Yo estaba pálido, el corazón se me salía por la boca, pero guardaba la compostura: ella, cuyo nombre ni siquiera conocía, podía estar mirándome desde alguna parte. El Che Saldaña, en cambio, saltaba y vociferaba como un energúmeno, ronco, enloquecido. ¡El *Limosnero* de la Gran Flauta daba más de siete veces la plata!

—¡Esta noche vamos a putas! —decretó el Chino, hundiéndome un puño huesudo en las costillas, y yo, que de pronto me creía escogido por los dioses, moví un dedo con lentitud, con petulancia, y respondí, perentorio:

—¡Nada de putas!

La encontré en la mañana subsiguiente a las doce del día, en compañía de una niñera impecable, de delantal blanco almidonado, y de un coche de guagua.

—Floriana —le dijo a la niñera, con ese don de la naturalidad que cada vez me produciría más asombro, una suerte de naturalidad majestuosa—, siga usted con el coche y yo la alcanzo más adelante. Necesito hablar algo con este señor.

—Ahora no tengo mucho tiempo —me dijo, al sentarse en mi banco y envolverme en una nube de perfume que me dejó lelo, mudo—, pero te quiero hacer una invitación. Te invito a que veamos una película en el Teatro Real, *Le diable au corps*, ¿has oído hablar?

—Por supuesto que he oído hablar —tartamudeé—. Hasta leí la novela, y me encantaría ver la película... contigo... pero, ¿cómo?

—¡Muy sencillo! Compro las dos entradas numeradas, dejo la tuya en la boletería a tu nombre, entro, y tú entras más tarde, cuando ya la sala esté oscura.

La miré, tragué saliva, y ella se puso de pie con agilidad, alisando con las manos su falda plisada de color barquillo. Me parece que en ese tiempo estaba de moda el color barquillo, o que ella lo usaba mucho, por lo menos.

—Ahora tengo que irme —dijo—, es un día de locos. Hasta mañana en la *vermouth* del Real. ¡Y no te olvides de entrar cuando ya se hayan apagado las luces!

—Sí. Pero dime antes una cosa, por favor.

—¿Qué cosa?

Me puse rojo de nuevo. Hoy día pienso que parecía una señorita de colegio de monjas. ¡Todavía, en algunas ocasiones, sigo pareciéndolo!

—¿Cómo te llamas?

—Verdad que no te he dicho mi nombre todavía. ¡Qué divertido! Me llamo Eliana Carvallo. ¡Pero no les digas una palabra a las Gertrudis!

En cualquier otra circunstancia habría corrido a contarle al Chino, pero ahora me abstuve, me abstuve a plena conciencia. Las cosas se ponían demasiado serias. ¡El capote de soldado del personaje de Radiguet podía empezar a parecerse a mi abrigo raído, que, con la llegada de la primavera, había olvidado en un café de mala muerte, al término de una tertulia de estudiantes literatos y de vinos de lija! Ella pareció absorta durante todo *El diablo en el cuerpo*, extasiada, mientras yo la espiaba en la sombra y traspiraba del miedo de tomarle la mano. Al fin, el desarrollo mismo de la historia facilitó mi decisión, y la mano de Eliana Carvallo, increíblemente suave, cálida, se amoldó, se adaptó, acarició la mía. Hasta que llegó la última escena y ella me dijo, rozando mi oído con sus labios, con voz cariñosa:

—Ahora, ¡ándate! Nos vemos mañana en el Parque.

Salí con prisa disimulada. La palabra «Fin» había aparecido en el centro de la pantalla, sobre una imagen, me parece recordar, de muelles fluviales, y en la calle creí reconocer al marido cuando salía del bar del City, que estaba y está todavía en la vereda de enfrente de ese teatro. Sentí un miedo injustificado, enteramente irracional, me flaquearon las piernas, y en seguida comprobé que no era el marido, que era un hombre corpulento, pero de aspecto descuidado y cara abotagada. Al día siguiente, en un banco del Parque Forestal, le dije:

—Me encantaría volver a tomarte la mano.

—Aquí es demasiado peligroso —dijo ella, y miró para los lados, como si los senderos estuvieran llenos de miradas, de orejas, de personas que podían descubrirnos. Hizo, entonces, una consulta perfectamente lógica, pero que me dejó con la boca abierta—: ¿No tienes algún amigo que te pueda prestar su departamento?

Le contesté, con la boca seca, con el corazón palpitante, que sí, que creía que sí, y ella, decidida, práctica, natural, dijo:

—Trata de conseguírtelo para pasado mañana después de almuerzo.

Lo que conseguí, después de solicitar la ayuda del Chino Saldaña, ayuda concedida con excitación, con envidia, con exclamaciones desenfrenadas, con discreción muy escasa, fue el taller de un amigo pintor en la calle Villavicencio. El taller estaba al fondo del corredor y en el segundo piso de un caserón que años después fue demolido para construir el edificio de la Unctad, ese mons-

truo de cemento que ha cambiado de nombre y de fina-
lidad al ritmo de los bamboleos políticos del país. Ahí,
muy cerca del sitio donde el general Augusto Pinochet,
alrededor de un cuarto de siglo más tarde, celebraría sus
ceremonias fellinianas, Eliana Carvallo se presentó un día
viernes a las tres y media de la tarde. Yo le había anunciado que dejaría la puerta entreabierta y ella entró acalorada, sofocada, agitada por la carrera y por la necesidad del disimulo. No perdimos demasiado tiempo, de
todos modos, pero ella, en el momento de retirar la gruesa colcha roja, puso una expresión de asco infinito y declaró que las sábanas estaban inmundas. Hicimos el amor
encima de la colcha, que no se veía mucho más limpia,
y ella después preparó un café y me lo sirvió con ternura, exhibiendo la cicatriz de cesárea que le atravesaba el
vientre, que aparte de eso era albo, perfecto. Hablamos
de Gertrudis, mi prima; del pintor que me prestaba el
taller (no le hablé de la intervención del Chino en calidad de intermediario) y que según ella tenía que ser un
descuidado, un inmundo, fuera de que encontró horri-
bles los tres o cuatro cuadros abstractos que se divisaban
al fondo, en la penumbra; de su guagua, un niño de seis
meses, y yo le pregunté de repente que cómo era su
marido.

—¿Rafael Luis? Es muy buenmozo, como habrás podido darte cuenta, y muy simpático.

—¿Y por qué le haces esto, entonces?

Ella me miró con candor y contestó con esa claridad
de lenguaje que me desarmaba, que podía desarmar a
cualquiera:

—Porque me calenté contigo.

—¿Nada más que por eso?

Ella miró el techo, pensativa, y prosiguió con el
retrato que por lo visto le gustaba trazar y que sólo había iniciado:

—Es muy sociable, tiene montones de amigos de todas clases y de todas las edades, pero al mismo tiempo es una fiera para los puñetes, ¿sabías?

—No tenía la menor idea —respondí—. ¿Y es celoso?

—¡Terrible! Si nos pillara, nos borraría del mapa.

Lo extraño del caso es que Eliana Carvallo, a pesar de su candidez en el lenguaje y en la acción, era perfectamente contradictoria. Hacía ostentación de su miedo a Rafael Luis, pero de pronto me tomaba del brazo en pleno Parque Forestal y me miraba con ojos lánguidos, dispuesta a darme un beso arrebatado en la boca en medio de la vía pública.

—Y Rafael Luis —preguntaba yo— ¿no viene por estos lados?

—A veces —contestaba ella—. Le encanta hacer *footing*, y aprovecha, de paso, para vigilarme.

Yo trataba de desprenderme de sus brazos y ella me sujetaba con fuerza, mirándome a los ojos, y se reía. Al final de esa mañana corrí a la casa del Chino, que vivía en un departamento oscuro de la avenida Providencia, en compañía de su madre separada de su marido argentino.

—¡Qué boludo —exclamó el Chino al verme—, qué sortudo! —antes siquiera de saludar.

—¡No ha pasado nada! —le dije, con el gesto de hacer un corte en el aire—, ni siquiera se presentó en el taller de pintura, y en todo caso, ¡tú no sabes nada!

El Chino, impávido, continuó:

—¡Qué cabrón! ¡Qué hijo de la gran puta!

Poco antes de la tarde milagrosa en el Club Hípico, la del encuentro con Eliana y la del triunfo de *Limosnero*, el Chino me había llevado a la oficina de su cuñado, el marido de su hermana mayor, que se llamaba Juan Eduardo Castillo. «Te traigo al Club de los Negocios Raros», me había dicho, y Juan Eduardo había sacado de inmediato una botella de whisky de contrabando y nos había pasado vasos. También le había ofrecido whisky a un personaje fornido, bajo de estatura, vestido de camisa negra y corbata blanca en un cuello de toro, que estaba detrás de su asiento y que parecía empleado suyo.

—No, gracias, don Juan Eduardito. ¿No ve que ya estoy entrenándome para la pelea con el cuyano?

—Tienes razón —había replicado Juan Eduardo—. Mujeres, sí, pero trago, no, prohibido.

Pues bien, ahora le pregunté al Chino Saldaña, al Che Saldaña, si no creía que el boxeador ese («Manolo Barrera», informó el Chino) podía darme algunas lecciones de box.

—Comprendido —dijo el Chino—. Ese marido parece un ropero. ¡Debe pegar como patada de mula!

—¡No tiene nada que ver! —exclamé—, ¡Chino pelotudo!

De cualquier manera, el Chino entró de inmediato en acción, tal como había entrado cuando le expliqué mi necesidad de encontrar un refugio clandestino: consultó, se manifestó interesado, él también, en las clases, y esa noche misma bajo las órdenes eficientes de Manolo Barrera, saltábamos a la cuerda, hacíamos flexiones, abdominales, respiración, trote largo, carrera. Manolo nos enseñaba, arriba del ring, la defensa clásica: el puño derecho junto al mentón, el izquierdo adelantado, tanteando al adversario, manteniéndolo a distancia, finteando, y, si se daba la oportunidad, castigando, golpeando, mientras las piernas, no olvidar nunca el movimiento de las piernas...

Dos semanas después, en el taller de la calle Villavicencio (ella había llevado sábanas nuevas, café, azúcar, unas tazas y un azucarero «muy mono», y hasta una botella de whisky, el gran lujo de aquellos años, para mantener contento al pintor), dije que sentía dolores agudos en el pecho, que estaba extenuado, al borde de un ataque.

—Es que tú, mi flacuchento, no eres para boxeador —dijo ella, poniendo cara de conmiseración, pasándome una mano cariñosa por la cabeza—. Basta verte.

—¿Y si tu marido nos pilla?

—No nos va a pillar —respondió ella—. ¿Por qué nos va a pillar? No seas sonso.

Yo ya había tenido el privilegio, o la desgracia, de ponerme los guantes de boxeo, y había subido al ring sin excesivo entusiasmo, más bien con la muerte en el alma, como decían los escritores franceses de aquellos años. A la mitad del segundo *round,* exigido por la iniciativa del Chino, golpeado en el estómago, en las orejas, en la nariz (llegué a sospechar que se desquitaba en esa forma de su carencia de una Eliana Carvallo), me había sentido mareado, enfermo, al borde del colapso. Había querido tirar la toalla, pero tan pronto, ¡cómo! Mientras él me envidiaba y me golpeaba con pica, con una voluptuosidad perversa, yo me consumía de angustia, de un miedo creciente. Chino maricón, me decía, desgraciado, y en seguida reconocía en voz baja que yo no estaba hecho para eso, pero que el destino lo había querido. ¡El destino me había condenado, después de regalarme una aparición milagrosa, a una tortura cotidiana!

El día de la pelea de Manolo con el cuyano fuimos todos al Teatro Circo Caupolicán: el Chino Saldaña (que estuvo a favor de su compatriota todo el tiempo, pero que consiguió disimularlo); Marquitos, amigo de la época de la plaza Bernarda Morín muy aficionado al boxeo; Juan Eduardo Castillo, gerente general del Club de los Negocios Raros; otro boxeador que trabajaba para él y que se llamaba Quintanilla; uno de sus socios en el Club, Ramón Pereda, y alguien más. Toda una claque para nuestro crédito, Manolo, a pesar de que llevábamos al Che o

Chino de infiltrado. Cuando llegamos, el Circo ya estaba lleno de bote en bote, y el marido de Eliana Carvallo, ¡oh desagradable sorpresa!, se encontraba en las tribunas del otro lado del ring, en la tercera o cuarta fila, en compañía de dos sujetos de aspecto amatonado y de una rubia oxigenada y pechugona. Los entendidos comentaban que el cuyano, un tal Hermosilla, tenía una pegada noqueadora, pero que Manolo Barrera, con su técnica superior, podría evitarla y llevarse la pelea por puntos.

Hacia el final del primer *round*, que me pareció eterno, Manolo, que se había movido algo en el cuadrilátero, pero que parecía sometido a una verdadera aplanadora, a un remolino implacable, recibió un par de golpes en la cara que lo estremecieron, que dispararon chispas de saliva, de mocos, de lo que fuera, a los rayos de luz de los reflectores. Juan Eduardo se tragaba la lengua, pálido, mientras el Chino Saldaña no conseguía disimular una sonrisa ancha, resplandeciente, llena de satisfacción estúpida. En el segundo *round*, Manolo se defendió más o menos bien, guardando una distancia prudente, aun cuando fue golpeado con fuerza en la región del hígado. «Está lento», comentó Juan Eduardo Castillo, mordiéndose las uñas. Por mi lado, quise insultar al Chino, pero después pensé que había progresado en las clases de boxeo mucho más que yo. En la mitad del tercer *round*, después de un entrevero en las cuerdas, Manolo tuvo una primera caída, breve, casi un resbalón, y se incorporó de inmediato. El público aullaba, y yo sentía un soplo amargo, una angustia. El Chino Saldaña, desde luego, no compartía estos sentimientos para nada: al muy maricón la máscara se le sonreía. Hacia el final de ese *round*, Juan Eduardo Castillo, descontrolado, se ponía las manos alrededor de la boca y le gritaba a Manolo, como un energúmeno, instrucciones completamente inútiles. Sus gritos no pudieron evitar que Manolo cayera de nuevo a la lona, convertido en un pelele. La cuenta de protección fue interrumpida por la campana, pero el árbitro, el señor Massone, del Uruguay, se acercó a Hermosilla, el cuyano, conocido también como el Pampero, y lo proclamó vencedor.

Ahí terminó la pelea, y terminó la trayectoria profesional de Manolo Barrera, y la mía como boxeador aficionado, y como amante igualmente aficionado en los parajes del Parque Forestal y de los talleres de Villavicencio. Me bastó ver el gesto con que el marido de Eliana Carvallo se levantaba de su asiento y ponía una mano en el hombro de la rubia pintarrajeada, y me bastó ver los ojos lacrimosos y la cara tumefacta de Manolo en su camarín, sentado a medias en la camilla, con piernas que de repente se habían puesto lacias, ¡casi enclenques!, y rodeado de sus compañeros silenciosos, compungidos, incapaces de hacer una broma. Yo había estado con Eliana Carvallo en Villavicencio hacía dos días y, al cabo de tres o cuatro horas, el glande se me había inflado como una vejiga llena de líquido, a causa, sin duda, del exceso de roce; me había salido sangre, y ella, excitada por esa carne hinchada, semiblanda, que se hundía en su vagina, había lanzado gritos destemplados sin la menor consideración por la gente de los talleres vecinos, como si quisiera, a pesar de sus ocasionales alardes de disimulo, proclamar sus amores conmigo a los cuatro vientos. ¡Quién entiende a las mujeres, al Eterno Femenino que tanto nos exalta y nos levanta el ánimo! Entonces no sabíamos que era nuestra despedida, pero lo fue, lo decidí cuando regresaba a pie a mi casa después de la pelea, solo, indignado por la deslealtad del Chino y con el ánimo por los suelos, y lo fue en una escala, me pareció, apropiada. A la mañana siguiente de la pelea no llegué al Forestal, y ella, como si hubiera intuido algo profundo, no me buscó y no dio nuevas se ñales de vida. Nos separamos, pues, sin despedirnos, con un preámbulo de gritos, de sangre, de golpes de los vecinos en las paredes, de bofetadas en un cuadrilátero, de pasos desanimados por callejuelas malolientes. Diez o quince años más tarde la divisé en la cola de un servicio público, creo que en Impuestos Internos. Le habían salido algunas canas, a pesar de que todavía se veía bien, y nos saludamos de lejos, apenas. Durante la Unidad Popular supe que su marido, Rafael Luis Arriagada, ya cincuentón, formaba parte de los grupos de choque más agresivos de Patria y Libertad. ¡Con qué gusto me habría hecho papilla! ¡Si supiera, y aunque no supiera! Yo, como dirigente del Mapu, había defendido la Reforma Agraria en la Televisión Nacional, había dicho incendios contra los latifundistas, había insinuado con notoria imprudencia, dada mi profesión de abogado, que el Poder Judicial estaba entregado a la reacción, corrompido. Los ojos de Eliana Carvallo, que antes habían oscilado entre la ternura, la ligera burla y la embriaguez voluptuosa, probablemente habrían lanzado, si me hubieran visto en ese programa, chisporroteos de odio, dardos envenenados.

Cuando estuve en el Estadio Nacional, en los primeros días que siguieron al golpe, Eliana Carvallo y Rafael Luis Arriagada, su marido, que ya formaban parte de una memoria mía remota, difusa, adquirieron una repentina y hasta cierto punto terrible vigencia. Pasaron a representar con una especie de violenta evidencia, con abrumadora seguridad, al bando de los vencedores. Yo empataba las horas sentado en mi banco, fumando, tratando de tomar el sol y de no pensar, pero me penetraba por todos lados un sentimiento de terror sudoroso, deprimente, amarillo. Me imaginaba que Rafael Luis entraba al Estadio en mangas de camisa, acompañado de dos o tres agentes de la Dina, que examinaba las graderías con cuidadosa atención, con atención parecida a la que había puesto, en una tarde de otra época, en el paseo de los caballos, de gruesos anteojos ópticos calados, y que de repente, con implacable decisión, señalaba con el dedo el lugar de las graderías donde yo estaba. ¡Ese de ahí, ese huevón medio pelao! Yo ya había sido señalado, desde luego, sometido a largas horas y días de interrogatorio, y me había tocado mi par de sesiones de parrilla y de picana eléctrica, la primera más suave, infernal la otra, pero después pude salir, pude instalarme en Madrid con ayuda de dos o tres amigos, y no me fue mal del todo. En los años anteriores al golpe me había casado y me había separado de una abogada de la Contraloría, simpatizante de la Democracia Cristiana, y habíamos tenido una hija. En Madrid volví a casarme y a los cuatro o cinco años me separé de una bella andaluza, profesora de historia ibérica y militante apasionada y dogmática, por lo menos en esos años, del partido comunista de su país. Mi historia de abogado de la Reforma Agraria y de prisionero en el Estadio Nacional contribuyó no poco a seducirla, desde luego. He regresado ahora, dieciocho años más tarde, y si me preguntan, no sé contestar exactamente por qué decidí regresar: ¿por vejez, por nostalgia, por curiosidad, por aburrimiento? Me lo pregunto yo mismo de cuando en cuando, y reconozco que no me inquieta en exceso la respuesta. El encuentro en la playa ocurrió hace tres o cuatro días, un jueves al anochecer, o un viernes, ya no estoy seguro. Bebí dos copas más del Sauvignon Blanc, ahora en la oscuridad completa, con el ruido del mar y el destello difuso de las olas, y volví a saltar de la terraza a la arena. Había un perro molesto, que aullaba y me seguía a cierta distancia, con la cabeza torcida y un hilo grueso de baba colgado de sus colmillos, y la luna casi llena se desprendía de los nubarrones e iluminaba el oleaje entrecruzado, insistente. Era un fin de verano bastante solitario. Sólo había dos o tres ventanas encendidas entre las casas de la primera línea. Todo el resto era sombra, aristas, bloques oscuros. Se percibía en la atmósfera un no sé qué lúgubre, y la Isla de los Pingüinos, con su roquerío y sus arbustos espinudos y tiesos, desgreñados, se alzaba contra el horizonte marino como una mancha negra.

Entonces divisé el perfil de Eliana Carvallo en una de las ventanas iluminadas. Inconfundible, a pesar de los años, las décadas, los acontecimientos. ¡Eliana Carvallo en el Club Hípico, junto a un surtidor de agua, entre la brisa, el revoloteo de las mariposas, los colores de los jinetes! Empujé una portezuela de madera sin hacer ruido y me deslicé en la punta de los pies por las manchas de sombra del jardín hasta quedar debajo de su ventana, escondido detrás de un arbusto. Pensé en lo ridículo de un hombre de mi edad que hacía todo esto para espiar a una mujer cuatro o cinco años mayor, una sesentona, una anciana de cabellos blancos. ¡Qué importaba el ridículo, sin embargo, frente a la noche estrellada y salpicada de nubarrones errantes, frente al islote de los pingüinos muertos y que parecía flotar a la deriva! La observé un buen rato y me imaginé que estaba sola, aun cuando podía ocurrir que el marido, ¡el eterno marido!, se hubiera retirado a los dormitorios. Leía unas revistas, con los anteojos en la punta de la nariz, y tuve la clara y quizás arriesgada impresión de que esperaba algo. Caminé hasta la puerta, con una audacia que sólo me había dado el exilio, o el regreso, o la dura experiencia, no lo sé, y golpeé tres veces con el puño. Ella se acercó con los pasos firmes de antaño, de siempre, y abrió.

—Entra —dijo—, ya te había reconocido en la playa —e insinuó una sonrisa débil, que pareció imponerse a pesar de todas las cosas.

Hablamos de vaguedades, de la playa de Los Quelte hues, del día, de la noche entre nubosa y estrellada, del clima cambiante del mes de marzo. Solían ser una maravilla marzo y abril, y agosto y septiembre: antes, en los tiempos normales, idos. Y los motociclistas, con su ruido, con su grasa, con su chatarra, son una descarada vergüenza. En cuanto a la casa, no era de ella, pertenecía a unos amigos suyos, y creí entender que su situación actual no le habría permitido jamás ser propietaria de una casa de esa categoría.

—¿No quieres un whisky?

Quizá se acordó de la botella de Villavicencio, la que dejamos en el taller del pintor abstracto, en reconocimiento de las sábanas y de la colcha sucia en que habíamos tenido que cobijarnos, pero yo no quería nada. Sólo había salido a caminar, a estirar las piernas, y me había dicho que no costaría mucho encontrar la casa donde ella estaba hospedada. ¿Le parecía mal?

—¡Cómo se te ocurre! ¡Me parece sumamente bien!

En esas exclamaciones salió a relucir el tono de voz que le conocía, el que todavía retumbaba de vez en cuando en los oídos de mi memoria, como un rumor apagado, sofocado por el tiempo, pero grato.

—¿Y?

Ella entendió muy bien a quién se refería, a quién tenía necesariamente que referirse, ese «¿Y?».

—Nos separamos hace muchos años —dijo, como si se encontrara frente a una persona excesivamente atrasada de noticias, casi un marciano.

—Es que llevo dieciocho años fuera de Chile. Supongo que sabes que tuve que exiliarme.

Ya había comprendido que un exiliado y un marciano, para ella, eran una y la misma cosa.

—Habrás notado el cambio a tu vuelta —dijo.

—¿Qué quieres decir?

—Que lo que contaban de nosotros en el extranjero, lo que propalaban por todas partes tus amigos comunistas, que aquí poco menos que nos comíamos a los niños, eran puras estupideces.

—Bueno —dije yo, cauteloso, controlado—, depende.

Ella me miró a los ojos. ¡Qué bendito!, pareció exclamar, ¡qué aturdido!, pero sin irritación, con una especie de calma recobrada. Al fin y al cabo, había sido un aturdido siempre, desde aquellos tiempos: un amante atolondrado, un boxeador para la risa. Yo le dije, contemplando su cuerpo con intención, sus caderas todavía bien formadas, sus piernas, que no habíamos cambiado tanto, después de todo. Agregué, zalamero (creo que aprendí en París a ser zalamero, piropero):

—Te ves muy bien. Siempre sostuve que el color azul te sentaba.

Ella sonrió. Sonrió por primera vez en forma abierta, sin la evidente reticencia de hacía unos minutos. Recordé la sonrisa con que había avanzado en el Club Hípico entre los flecos de agua que el viento arrancaba a los surtidores, entre las figuras de los jinetes, botas oscuras, espuelas tintineantes, calzas blancas, que se subían a los caballos para iniciar el paseo. Las grandes patas de *Limosnero,* el alazán, temblaban al fondo, impacientes, hostilizadas por los insectos.

—¿Y qué fue de tu amigo, el Chino?

—Murió en un accidente de automóvil. Se había convertido en un momio recalcitrante, igual que tú. Se sacó la cresta poco después de la elección de Allende, creo que de pura rabia.

—Yo fui momia toda la vida —replicó ella con orgullo—. Desde chiquitita.

—El Chino estaba loco por ti. Loco furioso. Me tenía una envidia parida.

—Te gusta demasiado la historia antigua —comentó.

—Así es.

—En cambio, yo, la momia, vivo en el presente.

234

A propósito del presente, acababa de escuchar por la radio que el gobierno del Ecuador quería expulsar a Pinochet, que había llegado a Quito en viaje de vacaciones. A ella le parecía ridículo. ¿Qué sabía el señor Borja, el presidente del Ecuador, sobre las cosas que habían ocurrido en Chile? ¿No sabía que el general Pinochet nos había salvado, que había convertido nuestra economía, que antes era un caos, un desastre, en una de las mejores del mundo, un modelo que todos estaban tratando de imitar?

Quise evitar la discusión, pero ella me provocó en forma insistente, con extraña majadería, con verdadero mal gusto. ¿Qué te ha pasado, Eliana Carvallo?, me pregunté, ¿qué mosca te ha picado? Y no tuve más remedio que preguntarme, en seguida: ¿Qué nos ha pasado, a todos nosotros? Preguntas retóricas, inútiles. Eliana Carvallo continuó, y yo pisé el palito.

—¿Sabes lo que me hicieron en el Estadio Nacional por el solo delito de haber sido abogado del gobierno legítimo? —le pregunté, alzando la voz un poco acalorándome—. ¿Sabes lo que era la picana eléctrica?

Ella escuchó sin agrado, dando un respingo al escuchar las palabras «gobierno legítimo», pero sin desviar la vista, con sus ojos azules convertidos en círculos de acero, y después dijo algo que me hizo saltar del asiento, que me produjo una sacudida brusca del corazón. Lo insólito es que lo dijo con suavidad, casi con ternura, como si hablara con un niño.

—Seguro que te lo merecías, José Tomás.

—Prefiero no seguir conversando contigo —dije, poniéndome de pie—. Es una manera perfecta de perder el tiempo.

Ella también se puso de pie y me tomó con fuerza de los dos brazos, como lo hacía en los años del Forestal y de Villavicencio, años que se habían reducido, a fin de cuentas, a unas breves semanas, un paréntesis mínimo en nuestras respectivas historias.

—No seas tonto —dijo—. Siéntate. Voy a servirte un poco de whisky. Te hará bien.

Hice, animado por el whisky, preguntas más arriesgadas, más personales, y pronto salió a flote el tema de Rafael Luis, el marido. No quise contarle que mi terror juvenil se había reanudado en los días posteriores al golpe, cuando estaba detenido en el Estadio. Estaba dispuesto a hablarle de picanas eléctricas en la punta del pene, ¡en el ojo del culo!, pero no de la fetidez, de los sudores fríos, de las palpitaciones cardíacas del miedo. De pronto, con la mayor tranquilidad del mundo, con la vista clavada en el muro de enfrente, Eliana Carvallo me dio una información enteramente inesperada, un golpe al plexo solar.

—Rafael Luis, mi marido, estaba enamorado de tu prima Gertrudis, y yo estoy convencida de que a ella también le gustaba.

—¡Entonces —exclamé, congestionado, colorado de indignación, a pesar de que a estas alturas habría debido reírme—, te metiste conmigo sólo para sacarle pica! Ahora comprendo todo: tu acercamiento en el Club Hípico, en el Parque Forestal, tu invitación a ver *Le diable au corps,* un prodigio de táctica femenina, tu exhibicionismo contradictorio... ¡Todo!

—No sé. Pero es muy posible —admitió ella.

—¡Desgraciada! —proseguí—. ¡Cabrona de mierda!

Eliana Carvallo irguió la cabeza. Sospeché que lo hacía en un arrebato de disgusto fingido. La coquetería no se le había quitado con la edad, ni mucho menos. Tenía un cuello un poco rígido, con arrugas marcadas, pero conservaba su bonita forma de cabeza, con el moño, eso sí, entrecano, además de los brazos bien formados, robustos, y de los muslos sólidos dentro de los bluyines.

Le tomé un brazo y ella lo retiró con una especie de ira, como diciendo: ¡No me toques! ¡Qué te has figurado! Lo curioso es que había estado con una mujer muy joven y atractiva en mi departamento de Santiago, precisamente al frente del Parque Forestal, hacía muy poco, y me había encontrado en serios aprietos. Sólo había podido responder como amante al cabo de cuatro horas, y de una manera asaz mediocre. La joven, con vulgaridad, con humor un tanto desdeñoso, había comentado:

«No llueve, pero gotea».

Tocaba, en cambio, frente a esos ventanales, a esas luces y sombras, a esos reflejos en la piel cambiante del mar, el brazo robusto de Eliana Carvallo, y sentía una excitación intensa, como si hubiera recuperado en cuestión de segundos, por arte de magia, todo el vigor de la juventud. Ella resistió durante media hora, con una mezcla casi deportiva de sentimientos hostiles y de músculos, pero yo sabía que al contarme que su marido estaba enamorado de Gertrudis, mi prima, se había sentido resarcida, vengada. Se había vengado de mi desaparición súbita del Parque y de sus alrededores, de mis arengas incendiarias veinte años más tarde en la Televisión Nacional, de mi exilio, de mi obstinación pétrea en lo que ella consideraba el error, y había decretado que estaba satisfecha, que estábamos a mano. Sólo me quedaba convencerla de que mi excitación de ahora no era en absoluto fingida, de que ella, por lo menos para mí, desde el punto de vista mío, conservaba restos de belleza muy notorios, además de eficaces, de que no había de mi parte intención alguna de burla, de sarcasmo, y me parece que adquirió este convencimiento sin dificultades mayores.

—Pero a ti nunca te gustaron las mujeres viejas —fue su última línea de defensa, y fue una defensa débil, un formulismo.

—¡Qué sabes tú! —repliqué—. Me conoces mucho menos de lo que te imaginas. Terminamos abrazados en la oscuridad de uno de los dormitorios del fondo, un espacio desconocido para ella y para mí en esa casa ajena, y con las cortinas abiertas para poder contemplar desde la cama el reflejo de la luna sobre los arbustos. Fue una situación sin el más mínimo porvenir, un azar, un accidente, o, si se quiere, una coincidencia mágica, imprevista, de dos mundos normalmente incomunicados y que regresarían muy pronto a sus órbitas separadas. No nos dimos ni siquiera el trabajo, por eso, de anotar teléfonos y direcciones. Si necesitáramos, por alguna extraña circunstancia, vernos de nuevo en la vida, ya sabríamos dónde buscarnos. Yo me vestí hacia las tres y veinte minutos de la madrugada y ella se puso una bata y me acompañó hasta la puerta. Le pregunté quién era el dueño de esa casa, no sé por qué, porque había intuido, había husmeado algo, un estilo, y ocurrió que pertenecía a un connotado ex ministro de la dictadura.

—¡Qué mierda! —exclamé, y Eliana Carvallo hizo un gesto vago, de prescindencia. ¡Ya no eran horas para discutir esas cosas!

—Me alegro de haberte visto, de todos modos —dijo—, y de haber hecho —añadió, con los labios algo torcidos, con gesto que revelaba en el fondo, por primera vez en toda la noche, un dejo de amargura, y demostrando mucho más talento que la joven de hacía dos semanas— este homenaje al pasado.

—Y yo también.

El perro de cabeza torcida, el de las babas colgantes, me había esperado en la playa, junto a la portezuela, respetuoso de los dominios del ex ministro, y ahora me siguió sin ladrar, resoplando, acezando. El viento de la noche se había apaciguado y la luna casi llena, amarillenta, se deshacía cerca de la cumbre de las montañas. La vida debía de continuar en las galerías subterráneas de la Isla de los Pingüinos, aunque amenazada, con menos aire y menos espacio que en épocas pretéritas, con un signo maloliente de muerte.

—¡Qué mierda! —repetí.

Eliana Carvallo era una sonrisa que había ido transformándose en una mueca todavía amable, un fantasma que había brotado de remotos surtidores, de banderas arremolinadas, de patas nerviosas, de casacas y gorras de seda, pero la aparición angelical venía anunciada y acompañada por un coro de energúmenos, por una jauría hambrienta, alaridos en una noche selvática, y nosotros, al cabo de los años y de las décadas, habíamos pasado ya por el purgatorio y contemplábamos ahora el asunto desde nuestras orillas, invadidos por la pestilencia de los pájaros, pero contentos, a final de cuentas, a final de cuentas emocionados de perseverar en estas playas.

Zapallar, 13 al 21 de marzo de 1992

Ultimos títulos

DATE DUE

MAY 1 4 1996			
AUG 2 7 2001			
SEP 2 4 2001			